Desires

欲望有味

霍老爷 著

人民文学出版社

图书在版编目(CIP)数据

欲望有味/霍老爷著. —北京:人民文学出版社,2017
ISBN 978-7-02-013525-7

Ⅰ.①欲… Ⅱ.①霍… Ⅲ.①故事—作品集—中国—当代 Ⅳ.①I247.81

中国版本图书馆 CIP 数据核字(2017)第 270391 号

责任编辑　徐子茼
责任印制　苏文强

出版发行　人民文学出版社
社　　址　北京市朝内大街 166 号
邮政编码　100705
网　　址　http://www.rw-cn.com

印　　刷　三河市西华印务有限公司
经　　销　全国新华书店等

字　　数　180 千字
开　　本　880 毫米×1230 毫米　1/32
印　　张　8
版　　次　2018 年 4 月北京第 1 版
印　　次　2018 年 4 月第 1 次印刷

书　　号　978-7-02-013525-7
定　　价　39.00 元

如有印装质量问题,请与本社图书销售中心调换。电话:010-65233595

MENU

= CONTENTS =

(今 ／ 日 ／ 推 ／ 荐)

Today's
Recommendation

◉ **脆皮豆腐和麻婆豆腐**

生活总是如此，它最擅长的就是当你对她有幻想时，把你按在地上摩擦。

¥97.-

◉ **梅子酱烧鹅**

无非就是一点面子的事。人活着就是为面子。

¥82.-

◉ **肚包鸡**

这仗他赢了，以后即使不干这行，他也是业界标杆。

¥47.-

MEAT ◦ ◦ ◦ ◦ ◦ ◦ ◦ ◦

荤菜 ……………

日式料理	¥15. -	砂锅面	¥214.-
红油耳丝	¥207.-	夹沙肉	¥225.-
清蒸梭子蟹	¥136.-	撸串女神	¥125.-
可乐鸡翅	¥1. -	炒肝儿	¥166.-
牛骨汤	¥189.-	如意海参	¥237.-

VEGETABLE ◦ ◦ ◦ ◦ ◦ ◦ ◦

素菜 ……………

臭豆腐西施	¥176.-	荷包煎蛋	¥157.-
糖炒栗子	¥197.-	菠萝油	¥147.-
烤松茸	¥73. -	炒酱面	¥62.-

COLA
CHICKEN
WINGS

可乐鸡翅

—

人总是

善于自我原谅的动物 。

姚峥在上海住了二十多年，没有学会一句上海话。

但他没有想到在美国留学不到半年，上海话水平就突飞猛进。

尽管多次表示自己不会说上海话，但是室友的热情却丝毫没有消退，一边说着"勿要紧"，一边用幽怨的小眼神看着他，好像他一个上海人不会说上海话，是莫大的罪过。

以至于姚峥自己都觉得自己不会讲是大逆不道，想好好跟室友道个歉。

所以当朋友听说姚峥的室友是同乡时，羡慕的眼神顺着手机都能传递过来，但姚峥冷暖自知。他和室友并没有多少共同语言。

或许姚峥不该奢望，有这样一个同乡室友已经足够幸运了。

但留学的生活实在太难挨了，一个好室友带来的快乐跟这种痛苦比微不足道。

出国前，姚峥本来是有心理准备的。

他的规划也很好，他的成绩，直接申请热门学科很难，只能先申请基础学科的研究生，然后再曲线救国，读个 CS 之类的热门学科，想办法留美。

对他来说，第一个研究生只是他的跳板、他的敲门砖，他没想到要投入这么多精力。

理想就像西海岸的雨，虽然有，但你需要它的时候总不来。

一个月下来，他才知道自己想简单了。

看不完的论文，写不完的作业，这些还不是问题。

问题是他总有怀疑人生的冲动：我到底来这儿干什么？我天天看的是啥？

那个俄罗斯教授说的真的不是天书？那些频频点头一提就懂的人真是人吗？不是说东亚人先天有数理化天赋的吗？那些美国佬、德国佬怎么个顶个都是天才，不是说美国人都是学渣吗？

姚峥每次上课都是在怀疑中度过的，他都觉得自己随时要熬不下去了。

他跟室友说了这个想法，室友想了一下，这次没有用上海话回答："他们跟我们不一样，那些美国佬是真的热爱这些学科才会选择它，他们中那些不热爱这个学科的，在中学已经被淘汰了，晓得哦？在超市当店员，连找零都不会找。中国人到了美国，接触到的美国人都是这些人，当然认为美国人都是数学不好的学渣，但其实不是。这些天才都到了大学里，有天赋有激情有头脑，咱们碰到的是这些人，晓得哦？而我们呢，我们是被统一的教育模板培养的，我们谈不上有天赋，也谈不上有激情。"

说话的时候，室友很平静，但姚峥从他眼神里看出了他的悲壮。室友学的是数学，他在国内也是优秀的学生，为了学习牺牲了多少好时光，以至于年纪轻轻就发际线退后，有谢顶的征兆。看到室友就像看到自己，姚峥自己照镜子，几次看到白头发，不由得悲从中来。

室友的话一针见血，但是对于改善他的处境毫无帮助，反而让他陷入更大的恐慌中。在这种恐慌里，他分外地渴望朋友的慰藉，尤其是女性的慰藉。

爱情总是被想象得很美好，尤其是姚峥这种没有恋爱经验的人。

想要有妹子就要有车，留学生谈恋爱的主要途径就是帮师妹买菜。作为新人，姚峥没有师妹，但车还是要有的好。

但生活的不顺心总是一件接着一件。姚峥的路考居然挂了，美国是个汽车上的国家，到哪儿都要车，这让他本来抓狂的生活更加烦躁。

夹着书去图书馆的路上，姚峥是有点心不在焉。经过学校草坪的时候，他看到跟自己选修同一门课的美国学霸躺在草坪上看书，旁边是他的女友。他们怎么可以把读书搞得这么潇洒，他们不担心作业吗？他们不担心工作吗？他们不担心将来做研究不出成果掉头发吗？

姚峥胡思乱想着，一转身撞到了一个骑车的人，是个女生，身材很娇小，已经躺在地上。等姚峥反应过来，女生已经从地上麻利地爬了起来："Sorry，are you all right?"女生关切的声音传过来，声音很好听。

姚峥很木讷地笑笑，点点头。

女生迷惑了，睁大眼睛说："You sure?"

"Sure，oh，fine."姚峥下意识地说 sure，愣了一下才想起来应该说 fine。

得到确信的回复后，女生鞠了一个躬，浅浅地笑了一下，骑着车子向图书馆去了。

大概是个日本女孩吧，姚峥心想，我刚才应该问一句"Are you ok?"到美国快半年了，他的社交圈子还基本都是留学生的圈子，说汉语比英语还多，碰到跟老外的对话，他还是会感到措手不及。

如果英语好点的话，应该搭讪的，姚峥想想，摸摸有点疼痛的膝盖，心里有点遗憾，也有点开心。

留学的枯燥生活中任何细微的改变都能让姚峥觉得有趣，何况是一个可爱的女生，那时起，姚峥更加频繁地出入图书馆，希望能再碰到这个女孩。

遗憾的是，他一次都没有碰到。

期末考试结束的时候，几个留学生组织了一次集体活动，姚峥和室友也去了。姚峥的驾照终于下来了，所以开着自己五千美刀买的二手卡罗拉就去了。

很意外地发现，居然有那个女孩，她不是日本留学生。

大家一起出去烤肉，别的女孩子都在喝饮料，周围围着几个男生陪她们聊天，那个女孩就安静地准备肉和水果。姚峥想去帮忙，套个近乎，正好她在切肉。

姚峥说："让我来吧。"

女孩犹豫了一下，看了姚峥一眼，才把刀递给他。

看她有点不相信的眼神，姚峥很自信地吹着牛："放心吧，我在家里经常干的。"

拿到餐刀姚峥才有点傻眼，一大块硕大的牛肉，与这把小餐刀比简直是庞然大物。姚峥既然已经吹出了牛，自然只能硬着头皮装行家。他一刀砍在牛肉上，不，不应该说砍，应该说砸，就像一颗小石子扔在一个池塘里，牛肉泛起几个波纹，依旧纹丝不动。着急的他，又变砸为捅，结果一股血水喷出来，溅到他的眼里。

"这头牛已经死了，你不用再杀一遍。"一个在旁边洗水果的男生大声说，并用手比了一个刀划脖子的表情。帮忙的人都哄笑起来。

姚峥的脸一下子红了，尴尬地不知如何收场。

那个女孩还是笑笑，递过来一把纸巾，轻轻把餐刀接过去："可能这刀你用不惯。"姚峥碰到她的手指，又凉又滑，跟她的嗓音一样，让人有种说不出来的惬意。

女孩恬淡地笑着，戴上手套，把小刀温柔地送进肉里，像变魔术一样，只一使劲，鲜红的肉就分割一块下来，她的动作很娴熟，只几下就分割好了。

"还是乔乔厉害。"那个嘲笑姚峥的男生说。就这样，姚峥知道了女孩的名字叫乔乔。

不过姚峥并不感激他，反而有种想打爆他头的冲动，不是冲他刚才嘲笑自己，而是嫉妒，他嫉妒这家伙比自己先知道女孩的名字。

如果当时知道他是乔乔的男朋友，他一定会打爆他的头。

姚峥感觉自己恋爱了，他那天吃了很多女孩做的烤翅，尽管烧烤酱有点多了，但他已经分不出味道，并借着"你的烤翅很好吃，下次还一起出来吧"这样超级烂的借口要到了乔乔的电话。室友说，他要电话的时候就像大灰狼，不过幸好小红帽把电话给了他。

烧烤派对到一半的时候，乔乔的男朋友接了个电话，有事先走了。室友充分发挥了僚机的本色，还主动要求送乔乔和她朋友回家，姚峥顺理成章地知道了乔乔的住址，完美助攻。

那一刻，姚峥为自己对待室友的态度感到十分抱歉。如果有时间的话，他一定会好好学习上海话，跟室友好好聊一下。

室友对姚峥司马昭之心大为鄙视，但对姚峥的品味还是很认可：

"要不是我国内有女朋友，我也会追那个女孩。"

"可她有男朋友了。"

"她男朋友叫张建，给自己取了个英文名字叫'lemon'，你晓得哦？从名字就知道有多奇葩，每次跟人算账都特别清，我们有次聚会，他居然说他只吃了五刀的东西。他配不上那女孩，她应该有个更好的男友。"室友拍拍姚峥的胳膊，如果不是怕自己的卡罗拉冲进车流，姚峥恨不得照着室友的脸亲上去。

"那女孩真的很不错，刚才下车以后，她在目送咱们车走远以后才离开，家教应该不错。"室友开着车感叹道。姚峥已经被冲昏了头脑，自然注意不到这些细节，但对室友的观察力很是惊讶。当然这时候，任何人说乔乔的好，他都是举双手赞同的。

室友说得不错，以前姚峥自己开车买菜的时候，碰到同样是一对中国女生，她们搭姚峥的车去买菜，两人坐在后座上直接开聊，根本不理姚峥，买菜以后还是对他爱搭不理，那次真的让姚峥大开眼界。

"乔乔好像对烹饪很感兴趣。"

假期回国期间，姚峥主要就一件事，学做菜，他妈妈还奇怪，儿子是十指不沾阳春水的主儿，怎么半年就转性了。姚峥的父母都是正宗四川人，很早就调到上海一家船厂工作，所以姚峥在上海这么多年，却并不会说上海话。

他妈本来就是大厨级别的手艺。姚峥说自己在美国吃不惯，要自己做饭，把老妈心疼的，一身本事悉数传授，一个春假下来，姚峥已经是川菜厨子的手艺了。

为了追乔乔，姚峥频繁地组织留学生聚会。中国人的聚会总是少不了聚餐，姚峥凭着一身厨艺渐渐变成了一个核心人物，大厨的名声渐渐在外。

其他人有聚会，也总会带上姚峥，姚峥就顺势邀请乔乔。

这时候乔乔身边已经没有了那个烦人精，姚峥觉得老天都在帮忙。

但两人的关系一直不冷不热。

乔乔确实很喜欢做菜，每次聚餐都会带着新菜去。有次在一个留学生的家里聚会，姚峥这时候已经颇有大厨的名声，就由他掌厨，那天正好有鸡翅，留学生里最流行的鸡翅做法就是可乐鸡翅，胜在原料易得，可乐和鸡翅都很方便。鸡翅上划几道口子，用油煎过，然后加可乐没过鸡翅，小火焖熟收汁即可，简单易学，几乎谁都会做，深得广大又懒又手残的留学党好评。

姚峥的做法差不多，只是在出锅时挤上几滴柠檬汁，大众化的可乐鸡翅变成了柠香可乐鸡翅。本来可乐鸡翅这个菜烧出来是有点腻的，滴上柠檬以后，一下子爽口多了。

菜端上来的时候，大家都抢疯了，乔乔更是吃得眉毛都弯了。

乔乔开始跟他约会，姚峥装作随意地聊起张建。

乔乔就浅浅地笑了："他呀，我们分手了。他每次去学校食堂都要带两个大保温杯打满可乐，我开始不知道他这样。就装在书包里这样这样走。"乔乔学着前男友的样子。

"跟他在一起，每次都去食堂吃，我喜欢吃鸡翅，我自己做，他都嫌费事，去外面吃更嫌贵。"

姚峥才发现，乔乔说起坏话来也那么可爱。

"以后我做给你吃吧。"这样的机会，姚峥要是再不抓住，那就真是木头了。

乔乔和姚峥的关系迅速升温，一个月后，两人找了个房子同居了，到了周末，姚峥就做饭给乔乔吃，乔乔就扎着围裙给他打下手。

他们彼此飞快地熟悉着，无论身体还是灵魂。

这是姚峥最幸福的时光，那种巨大的幸福感包裹着他，爱情让他产生了能够征服一切的盲目自信，连功课也意外的好。

乔乔也陶醉在幸福里，他们在一起时，乔乔眼睛里都闪着光，他们时常回忆着姚峥的笨拙，他被撞时的木讷，他捅肉时的笨拙，她甚至学那个张建，姚峥就觉得窘迫而幸福。

"你应该见见我的父母。"回国的时候乔乔说，她毕竟是个听话的女孩子，有男友这种事还是想让父母知道。

这个提议让姚峥既兴奋又害怕，到了回国的日子，姚峥跟着乔乔回了山西——她的故乡。

乔乔竟是富二代，父亲很早就做煤炭生意，但初接触下来，姚峥发现乔乔的父母却不是通常意义上的土豪，丝毫没有跋扈的戾气，反而有几分谦和，难怪她生得那么乖巧。

毛脚女婿上门是中国家庭的大事，乔乔父母的接待几乎可以称得上隆重，隆重到姚峥几乎以为他们要把乔乔从他身边带走，然后甩给他几百万，让他离开乔乔。

幸好这样的事没有发生，一切都非常顺利。只有一个甜蜜的小意外。

乔乔在家庭宴会上的一次呕吐，让乔乔妈妈发现一个事实：乔乔怀孕了。

姚峥和乔乔被这个消息弄得不知所措。

乔乔的父亲和母亲，迅速做出了决定，先结婚，婚礼以后再说，乔乔先办休学，不行姚峥也得办休学，把孩子在美国生下来，这样就是美国国籍了，然后把孩子送到国内来，他们养，当然如果姚峥的父母来照顾也可以。

两个孩子——姚峥这时候才发现自己和乔乔都是孩子，就这么茫然地答应了。然后是马不停蹄地赶到上海去见姚峥的父母。

乔乔的乖巧自然博得了姚峥父母的好感，从小到大没有谈过恋爱的姚峥一度被妈妈怀疑是同性恋，即使留学了妈妈也是半自豪半担忧，什么时候儿子才能成家，现在居然领着这么一个儿媳妇上门，自然一百个乐意。

姚峥和乔乔闪婚了，花了九块钱领了结婚证，照片上两个人头像并在一起，姚峥觉得一切都像是个梦。

回到美国以后，姚峥才觉得一切都变了，乔乔看他的眼神也不一样了。

所有的生活都被打乱了，姚峥也开始手忙脚乱地看育儿书，似乎一下子要为一个小生命负责，虽然还是二人世界，但二人世界的快乐时光已经不存在了，姚峥也没有心情做饭了。

要办休学手续的时候，乔乔犹豫了。

依偎在姚峥身上，她忽然问："真的要休学吗？"

这也是一直萦绕在姚峥心头的问题，乔乔的话提醒了他。

"我们真的要孩子吗？"

"把孩子送回国内给父母养真的可以吗？"

乔乔没等他思索，一下子问题都来了。

"要不先打掉？"姚峥犹疑地问。

"就听你的。"怀里的人温柔地抱紧了他。

姚峥觉得身上的乔乔特别重，不知道是不是有了宝宝的原因。

但随即心头却放松了，这样也许是最好的处理方式，他们都是有自己的学业和职业规划的，不能因为一个未出生的孩子就改变这种规划。

父母那边，是可以解释的，他们都是爱我们的。只要解释就好，开始会埋怨，过后，总会原谅的。至于孩子嘛，以后总会有的，我们还年轻。这是我们共同的决定，乔乔提出来，我同意了。

姚峥甚至有一些自豪，以前的自己，是在重要的事情上总要犹豫的，但这次居然能这么轻松地决断重要的事情。也许这就是成熟。姚峥对自己的勇气很满意。

乔乔毕竟年轻，引产很顺利，两个人似乎又回到以前，加州的阳光又炽热起来。

人总是善于自我原谅的动物，孩子的事，没有任何余波，姚峥甚至有时候会怀疑，乔乔真的怀孕过吗？这样的想法让他心里更觉安慰，只有在不去图书馆的日子，偶尔会有一些负疚。

但丢了育儿书，专业似乎也没有更勤奋。

那一天晚上，姚峥接到电话，乔乔说她要去朋友家吃饭，于是就没有去接她。晚上十点，乔乔才回来，脸色苍白，嘴唇哆嗦着。

姚峥吓了一跳："怎么了？"

乔乔只是坐在沙发上不说话。姚峥以为她病了，正要给她药，乔乔哇地一下子哭了出来。

从她断断续续的描述里，姚峥知道，乔乔去了一个教会的朋友家吃饭，无意中聊到堕胎的事，乔乔觉得不舒服就回来了。

"那些传教的不用理的。"姚峥最烦的就是这些教会的人。

"可你让我打掉了孩子。"乔乔仰起脸。

姚峥恼起来："不是你不要孩子的吗？"

"我没有，我只是问问你的意见。你说打掉。"

姚峥觉得打孩子的事好像是上世纪发生的，他已经记不清到底当时谁说了什么，也许是他说的，也许是她说的，但总之，孩子确实是没了，他也同意。

从此，堕胎的事成了两人之间的悬案，几乎所有的事到最后都是以讨论这件事结束。

乔乔也不是那个健康活泼的小女孩了，她的精神和身体状态好像一下子不好了，姚峥好像也干不了别的事，乔乔的生理周期，乔乔的头疼，乔乔的心情不好，都是大事，每周总要出点小状况。

姚峥觉得自己要撑不住了，乔乔的任何不满意，最后都要归结到他当初决定堕胎这件事上。

终于，有天晚上，姚峥和乔乔之间爆发了一次争吵，乔乔居然打了"911"，警察来到家的时候，乔乔大概已经后悔了，但她还是坚称姚峥打了她，姚峥百口莫辩，最终被警察带走。

在审理以前，他就待在监狱里，他试图联系乔乔，让她收回证词，但乔乔坚持要他道歉，姚峥把电话摔在地上。

姚峥一共在里面待了十几天，原来他以为自己根本无法忍受狱中生活，没想到居然也能适应。

人真是一种适应力很强的动物，监狱的好处，就是让你知道，这世界上有的是奇葩，而你的生活还不算太糟。

姚峥的人缘不错，美国监狱出狱或者保释的时候，有个惯例，需要做一个演讲，说自己出狱后一定要痛改前非。姚峥的英语虽然不是母语，但总比这些从小吸大麻打架进来的哥们儿姐们儿强多了，靠着给他们修改错别字，姚峥入狱没多久成了风云人物，甚至交了几个"朋友"。一个打架进来的黑人哥们儿，还很真诚地说："你是我认识的唯一一个上过大学的哥们儿。"很得意地跟他拍照，说要发给他妈妈。

姚峥保释出狱那天，他也做了一个激情四射的演讲，在演讲里，他说了自己原来的规划，他入狱的经过，他说，他出狱以后一定要好好学习，他要留在美国，出人头地。这是美国式演讲的一贯套路。

下面的一众狱友听得也是群情汹涌，黑人哥们儿含着泪喊着："你将来成了银行家别忘了我。"

有个墨西哥的姑娘还冲他送飞吻，吓得他不敢看她，那是当地一个有名的墨西哥黑帮小头目的女友，她冲着他高喊："让那婊子去死。"

姚峥莫名地心痛，他以为他会恨乔乔，但是没有。

在律师的争取下，也由于证据不足，姚峥没有获罪。但认了一个较轻的罪名，要上一百个小时的教育课，学习怒气控制，跟超速和抽大麻的一起学习。

姚峥回家的时候，乔乔已经搬走了，家里一丝她的痕迹都没有。

据留美圈子的朋友说，乔乔入了教会，每周都去祈祷。

姚峥像是做了一场梦，他知道，他不会原谅乔乔，乔乔大概也不会原谅他，或者说，不会原谅她自己。姚峥把房子退了，搬回去跟室友住。

回国的时候，两人通过室友通了一次电话，一起去上海办离婚手续。

姚峥才知道，办理结婚证只要九块钱，离婚证却要十四块钱，大概是提醒要离婚的人，离婚要慎重吧。

出来后，姚峥和乔乔在一家餐厅吃了最后一餐，菜单上意外地有道菜，"可乐鸡翅"，乔乔点了它，菜上来以后，姚峥尝了一口，大概是可乐放多了，时间烧得也有点长，有点腻，腻到发苦，要是他用心做，不会是这个口味。

JAPANESE
CUISINE

日式料理

—

女人

就是这么实际，天下的一切事都是为了吃饭 。

刷微博的时候，王昊把一瓶红酒打翻了。

王昊最近有一点轻微的失眠，像是这样倒时差，会更严重一些。

昨天他刚从北京飞到巴塞罗那，时差还没有倒过来。晚上睡不着的时候，他喜欢给自己倒一杯红酒，一边靠在窗子边上慢慢喝一边刷刷微博。

他没想到，今天会刷到夏如冰的微博，她的微博上一如既往地是发照片，照片上的夏如冰，很青春，很日系，美颜滤镜用了不少，不过今天的内容有点不同。不是以往一如既往的伤春悲秋和鸡汤，夏如冰的文字很乱，她的写作能力很有限，一件简单的事，都会让她说得颠三倒四，"要去日本拍戏了，有人知道吗，怎么把一只暹罗猫带到日本？"

看到这句话，王昊觉得胃部有什么东西在涌动，一股辛辣的东西通过食管向上翻腾，令他坐卧不安，强压住把酒杯直接摔到这家酒店墙上的冲动。

夏如冰终于得到自己想要的东西，王昊能感到自己的手在颤抖。

王昊是在 Big 网认识的夏如冰。Big 网是个以大学生为主的网上社区，王昊是上面一个大 V。由于男多女少，所以女生很容易就得到追捧，贴出照片的女生但凡长得稍微周正一点，就有一堆男生在后面女神女神地叫着。

很多女生都在 Big 网上贴照片。王昊第一次看到夏如冰的照片，不是她自己发出来的，是另一个女孩发的。

Big 网是个问答社区，你提问，我回答。有些无聊的男生，为了看美女照片，最喜欢挖空心思提出各种刁钻的问题，最开始的问题还算正常，比如，颜值高是一种什么体验？你最好看的一张照片是什么？吸引女孩子来贴照片，这在这个社区被称为"钓鱼"，渐渐地这样的老问题过气了，又有人不断想出新的问题，比如，什么是漂亮的锁骨？剪短头发是种什么感觉？留长头发是种什么感觉？

那个女孩回答的问题是，女室友貌若天仙是什么体验？这个问题不知道为啥莫名火了起来，很多女生在那里贴照片，夏如冰的照片最早就是贴那里，照片里的夏如冰看上去古灵精怪，身材玲珑，相貌更是酷似 Angelababy，文章里更是用尽可能夸张的语气描述她的美好，爱健身，讲义气，爱读书，求上进，立刻吸引了一堆男生过来疯狂点赞。

发照片的女孩也是不紧不慢，照片陆陆续续放出，一点点泄露夏如冰的信息，那个帖子持续火了一周，这是 Big 网前所未有的。

一时间，寻找"最美女室友"，成了 Big 网上无聊男生最喜欢的一个爱好。王昊当时也看了这个帖子，但没有点赞，这种套路他见得多了，多半就是小号发帖，当年"某扑"上就做过几次这样的炒作，那些神仙姐姐、绿茶妹妹什么的都是这样火起来的。

再说他从来不干这种损害形象的事，他不是没见过女人，大学时代他就是学生会副主席，校园风云人物，任何一任女朋友都很漂亮，由于工作关系，接触到的美女多的是，犯不着为这个小姑娘影响形象。

当然他承认，这个最美女室友的照片还是挺漂亮的，但王昊的女朋友也在 Big 网上，也是个不大不小的大 V，那是他准备结婚的对象，两人结婚的事情已经提上了议事日程，未婚妻的家境很优越，他可不想因为随手一个赞被抓包，再说，那些垃圾懂什么？

并不是他对女朋友有多忠诚，他玩也玩过了，早就不相信爱情这些小女孩才相信的谎言。他是看不起这些垃圾的方式的，他学的就是媒体专业，后来虽然干的是编剧，做的是影视行业，在行业里摸爬滚打几年，炒作，操纵舆论的手段，没有见过也听过，这里面的套路他早就门儿清。

Big 网号称十大约会网站之一，当然绝对不是那些垃圾逮住一个美女就在私信里往死里发信息的方式，那样除了被拉黑删号之外没有任何用处。约会的主要就是这些大 V 小 V，互相加微信聊骚，你情我愿，约得风生水起。

王昊暗地里其实也跟几个年轻的女粉丝在玩暧昧，但他明面上还是三观端正，热爱生活，有情调有情怀的大 V。他的形象一直是高冷的性冷淡风，走精英路线，理性客观中立，Big 网之所以被俗称 Big 网，正是因为 Big 才是大 V 们的生命，别的都好说，一旦高 Big 的人设崩坏了，形象就彻底完了。

"最美女室友"的话题比王昊预想的持续时间长得多，一周以后，居然还在持续火爆。而且奇怪的是，既没有一个女生跳出来说，她就是那个最美女室友，那个发文的女孩也没有自承自己就是女室友本人。

就在大家以为这个话题过去的时候，Big 网上论坛内出现一个问题：被人肉搜索是一种什么体验？许多人引用了网络上人肉搜索的几个热点事件，引来不少人关注，但都是泛泛而谈，并没有多少实质内容。就在这时，一个匿名用户，自称是一个女孩子，受到 Big 网网友的人肉搜索。

在那个回答里，那个女孩愤怒地控诉了自己被 Big 网人肉的情况，她说因为一个什么"最美女室友"的答案，自己安静的生活被人打破了，被人肉出来以后，不断有人加她微信，给她打骚扰电话，吓得她不敢独自上课，睡觉也睡不好。

人们这才知道，原来这位就是所谓的最美女室友，此时那个话题的热度还在，加上对网络人肉的厌恶，一时掀起热潮，又是纷纷点赞，也不断在这个答案下面回复，替 Big 网网友道歉，纷纷请这位匿名用户现身，请她相信，Big 网网友本质还是好的，只有极少数人才会干这么 Low 的事。

也有一些网友认出了她字里行间提到的学校，是复旦大学，于是一堆复旦网友纷纷站在校友这边。

Big 网虽然是一个自诩精英遍地的网站，但在网上混久了就会发现，其实主力还是一些大学生，他们也是互相传播能力最强的一群人，这些人普遍又有名校崇拜情结，一旦认定了这个女生是名校才女，又是一波疯传。

王昊这才松了一口气，到底还是炒作，不过这个套路倒是还蛮新的，把群众的逆反心理用到了极致，这小姑娘看起来背后有高人指点。

网络炒作的套路无非就那几种，主要就是要营造那种"千呼万唤始出来"的感觉，让网络吃瓜群众觉得，主角根本不想火，是无意中被捧火的。

这个女孩的炒作套路厉害就厉害在，搞了一个倒打一耙，站在道德高地上，把 Big 网所有网友批评了一番，利用人类的羞恶之心，一下子树立了一个娇弱而坚强的才女形象，顿时成了热捧的女神。

王昊饶有兴致地点开了当初那个最美女室友的答案，果然下面已经出现了一条道歉的话：

"对不起，我当初把室友小冰的照片发到这里来，当时确实有一点私心，想给自己涨几个粉丝，但是真的没想到会给小冰造成这么大的伤害。我错了，想到会给小冰带来生活上的不便，我就特别后悔当初的举动，她那么好，当我远离家乡来到这个城市的时候，她尽心尽力地帮助我。真的太对不起了。"

这就是炒作无疑了，虽然这个人嘴上说着道歉，但是可惜的是，帖子的内容出卖了她，里面的照片一张都没删，如果是真的为了挽回影响，应该第一时间删照片，可这个答主非但没删，反而加了两张照片。

这当然引来了网友的围攻，这时候夏如冰非但没有生气，反而在这个贴照片案的评论区大方地原谅了室友，这个大度的举动自然又赢来了网友的追捧，纷纷赞她直爽可爱，自然又圈了一大群粉丝，连没有关注她被人肉事件的，也被她成功吸引到了。

接下来的几天里，这个刚刚被人肉过的女孩没有任何沮丧和恐惧，反而开始在逼格上疯狂地写作贴照片，第一个答案更是劲爆，是关于青少年性教育的，讲她如何对未成年的弟弟进行性教育。

在这里，夏如冰大谈特谈如何对青少年进行早期性教育的必要性，然后是一连串温情的故事，讲她跟弟弟相处的往事，当然没有忘记贴上自己的美照，她说，父亲是复旦大学的教授，母亲是某知名企业的高级经理，所以弟弟的童年其实特别悲哀，自己身为姐姐就义不容辞地担当了教育弟弟的责任，教育弟弟的过程也是痛并快乐着，但看到弟弟的成长，自己感到很欣慰。

这个文章一出来，又是爆红，观念前卫，有爱，家庭和睦，三观端正，Big网新晋女神的桂冠彻底戴在了夏如冰的头上。

夏如冰也不甘寂寞，趁热打铁，一口气回答了一堆问题。

帖子都很长，王昊发现一个问题，夏如冰的写作水平并不高，甚至可以说有明显的硬伤，她的用句都太破碎了，仿佛是情感小说和轻小说的语言，内容上也是东拉西扯，王昊很难相信她是一个知名大学法律系读法律专业的大学生，目前还在一个全国知名的律师事务所实习，这样的人怎么适应严谨的法律工作？简直不可思议。

不过，当夏如冰给他发来一条私信的时候，王昊还是小小地兴奋了一下。

"请帮我点个赞好吗？"

王昊的嘴角立刻翘起来了，哈，谁会在乎她的文字水平呢？"好。"

随即，对面发过来一个链接，王昊这才意识到刚才自己答应得太快，不由得老脸一红，幸亏隔着屏幕没看到。没想到自己塑造的高冷而难以接触的男神形象，一下子被这个小姑娘轻松戳破，这让他觉得有点窘迫。

王昊还是把她发过来的链接打开，那是一个反对职场性骚扰的帖子，是一个关于女记者被顶头上司性骚扰的事情，夏如冰怒斥了国内性骚扰普遍存在的丑恶现象，呼吁女性独立，勇敢站出来。王昊耸了耸肩，通篇煽情非常好，然而没有任何有价值的观点，放到以前，王昊也许会直接掠过，给她点个反对，Big 网大 V 的影响力就体现在这里，一个大 V 的反对，可能会改变文章的排序，直接影响曝光率，但是今天嘛，既然这么漂亮的女孩子来求自己了，王昊就顺手点了一个赞。

"好了。"

"谢谢。"

王昊怅然若失地等待着什么，但夏如冰说完这句话就没有了下文，好像一缕轻烟，一下子遁形于空气中。

"这算什么？"王昊忽然觉得自己有些生气，自己在 Big 网好歹也算有影响力的大 V，从来不会轻易答应别人点赞的要求，今天居然被这么摆了一道。

夏如冰一定不是只发给了他一个人，王昊眼看着那个文章的点赞数暴涨，为她点赞的有很多熟悉的名字。任何社交媒体，大 V 们起到的就是节点作用，通过大 V 的点赞转发，分发给用户。

这个夏如冰，倒是真会使唤人。

没错，当然，夏如冰不是发给他一个人。接到他的点赞，夏如冰轻咬了一下嘴唇，随后给下一个人发私信，她发的私信都是男大 V。

几乎没有人会拒绝她，无论是王昊这样以高冷著称的理性精英男，还是以贩卖正义感著称的正直大 V，都会乖乖地给她点赞。

这些男人，别看假装得都挺客观理性中立，但在她面前都一样。

夏如冰顺手浏览了一下，已经三万多粉丝了，这个数量在 Big 网不算很多，但绝对是最近崛起最快的大V了。

这才不到两个月的时间，她已经俨然成了Big网新晋第一女神，这比她预想的要快，她原来还联系了大量的水军，现在只用了几成功力，就已经红了，事情比她想的还要顺利。

夏如冰才二十一岁，今年才上大四，刚刚在一家律师事务所实习。

夏如冰喝了两口水，又打开笔记本电脑，准备继续私信大V点赞。

刚打开Big网，她的时间轴上赫然出现了一个匿名者的文章，内容是有关她的，里面曝光了她的真实身份。

这是夏如冰最担心的，她的身份最大的黑点被人曝光出来了。她不是复旦大学的毕业生。Big网是一个特别看重学历出身的网站，几乎能成为大V的人，至少都要是985、211的学生，不然即使红了，也会被人人肉扒皮，弄得声名扫地，以前有过很多这样的先例。

夏如冰有点慌，她担心过自己有这么一天，所以她一直在字里行间遮遮掩掩，虽然在暗示自己是复旦学生，但没有过多地透露信息。

饶是如此，她还是立刻停下手里的工作，赶紧打开了微信群，这个群有她的狂热粉丝。

夏如冰从小就是个心理成熟比较早的姑娘，她虽然个子娇小，却有着远胜于常人的精力和控制欲，所以，她从小学到大学，身边一直聚集了一群死忠粉丝，她喜欢这种感觉，享受这种感觉，那个最早曝光她的室友，其实就是她的忠实粉丝，其实根本就不是什么室友，是她的粉丝群精心策划好的。

这些粉丝让她有了可以在网上红起来的感觉，只要她把链接丢进群里，他们就会纷纷点赞。

现在有了事，她第一时间，能求助的人只有他们。

"冰果们，现在事情有点麻烦。"冰果，是她对粉丝的称呼。

王昊看到了扒皮夏如冰的帖子，不知道为什么，隐隐中有些快意，也许那些垃圾也是这种心态吧，看到美女，尤其这种高高在上的美女，看她出丑总是有点暗爽的。

王昊赶紧摇摇头，他才不是什么垃圾呢，他的身份标签可一直是青年才俊，高冷海归，不该有这种心态。

也许还是夏如冰对自己的态度刺痛了他，他对夏如冰没有什么感觉，他在心里对自己说，他都要结婚了。

他说服了自己，不去刷有关夏如冰的内容，但过了半小时，他觉得自己太可笑了，为什么不看？好像自己真的怕了她一样，一个小丫头而已，笑话。

王昊还是点开了那个问题："如何看待 Big 网第一女神夏如冰伪造学历？"

下面的风向已经开始扭转了，很多人都在骂提出问题的人，痛斥网络人肉的可耻，这几乎是第一次人肉事件的翻版，但是这种声音很快就被淹没了。

王昊并不奇怪，像夏如冰这种水平，大概根本就逃不过名誉扫地的命运，女神是个光环也是个桎梏，多少逼 Big 的第一女神都是光鲜登场，灰溜溜下场，何况她犯的是 Big 网大忌。

Big 网区别于其他网站的标志就是树立了"985、海归遍地"的形象，这也是很多在 Big 网上网的群众自以为优越的地方，虽然大部分人都不是名校学生，但任何假扮名校生的人都等于触犯了大家的共同利益。

王昊给自己倒了一杯酒，看了看表，八点了，这是今天最后一个节点了，是一天中信息流最高的时间段，过了这个时间，再想翻身就难了，那个问题已经提了快二十个小时了，马上就要过黄金二十四小时准则了，明天辟谣，就算夏如冰是真的，可能都翻不过身了。

　　果然，八点二十分，夏如冰也站出来说话了，但不是在那个问题下，而是在另一个问题"父母都是学霸是什么体验"下，言辞极为恳切：

　　"我是一个特别大大咧咧的人，对名利根本就不看重，但我身在一个书香门第，我的父亲是复旦教授，超级学霸，上海市乃至中央一些部门，都时不时要把他请过去讲课，咨询意见。学霸总是被学霸吸引，我的母亲也是超级学霸，人也长得美，一直是同侪中的佼佼者，我从小就被两个大学霸各种碾压，谁说智商是可以遗传的？我虽然是他们亲生的，但就只是一个普通人啊。

　　"我的日常就是被他们羞辱，他们对我的期望很高，希望我读名校，出国留学，读博士。我迈开了大步，追赶着他们的殷切希望，开始我还是能满足他们的一些愿望，靠着努力，别的孩子在玩的时候我在读书，别的孩子旅游的时候我在读书，我看起来还不错。

　　"但是人跟人的差距就这么大，有些人就是天才啊。我拼尽全力上了我能上的最好的学校，在他们眼里还是一无是处，在他们看来我就是没努力。

　　"是的，我从来不是什么985的高才生，更不是复旦的学生，但我多么想我是复旦的学生，这样我的压力能小一些。

　　"我讲的那些经历都是真的，因为我父亲就是复旦的教授啊，我确实经常流连在复旦的校园里，在复旦的自习室里上课，但这丝毫没有让我好受，只会一次次刺痛我，我把这些经历写在 Big 网上，让大家误会了，我很抱歉。

"也许我作为一个普通人，确实心里有那么一点想与名校扯上一点点关系，让我的父母可以满意一点的虚荣心，我承认。

"对不起，身为普通人，我很抱歉。

"我知道，在学习这条路上，作为一个普通人，我是无论如何也比不过学霸们的，但我只想做得好一点，我现在在一个律师事务所实习，我来 Big 网，随着粉丝的增多，确实有一些想红的心思，甚至已经有一些娱乐公司开始接触我，这大概是我这个普通人逆袭的唯一途径吧。"

帖子一出来，立刻被引用到原来那个扒皮夏如冰的问题下面，风向立刻大变，群众一反指责夏如冰的姿态，开始指责人肉者，吓得人肉者不敢说话，问题更被迅速举报关闭。

这个帖子迅速获得几万个赞和数百万阅读量，更是以《身为普通人，我很抱歉》《身为学霸女儿的惨痛经历》的题目在网络疯传，甚至刷爆了各大社交平台。

在 Big 网内部，更是形成了一个氛围，下面纷纷回帖：女神，你已经很棒了。

加油，女神。

不要太苛责自己。

谁特么不是普通人啊，我摔。

看见了少年的自己。

我哭了。

看着这些评论，王昊不由得击节赞赏，这篇文章写得太棒了，连他这种谙熟传播套路的老手都不由得被感动了，这样的帖子一出来，不管是什么样的攻击都没用了，每个人都会自动代入夏如冰的角色，这世界还是普通人多。他甚至都怀疑，夏如冰背后有一个很厉害的推手公司在运作。

借着这一篇文章，夏如冰的粉丝第二次暴涨，一下子有了六万粉丝，对于这个中等规模的网站而言，这已经很厉害了，王昊知道自己的粉丝数，才三万出头，虽然表面上，这些 Big 网的大 V 都表示不计较粉丝，但其实心里还是都在暗暗比较，看到夏如冰不费吹灰之力就成了大 V，心里还是很不是滋味。

夏如冰在接下来的几天，连续发文，都是针对同性恋、女性、儿童等弱势群体的保护，谈及自己，姿态也放得很低，只谈自己的理想和现实的巨大差距，而且不管回答什么问题，绝对不再贴照片。

这一招很管用，夏如冰的形象一下子从高颜值才女变成了富有同情心的上进美女，网友居然没有发现其中的变化，人气反而一路攀升。

王昊几乎每天都会浏览她的帖子，已经成了一种习惯，他跟女友正在同居，女友也是一个有几万粉丝的大 V，他看女友的文章都没有看夏如冰的多，原来他也挺爱在 Big 网上晒晒自己的生活，发表一些观点，但现在夏如冰一出现，几乎把他在 Big 网上的所有精力都用光了，有的帖子他甚至刷了两遍三遍。

在刷夏如冰的帖子的时候，他忽然发现一个事实，夏如冰几次提到想要出国留学，开始他只以为是夏如冰自高身价，给自己的形象包装，刷得多了，他忽然有点信了，莫非她真的想去？

他一时食指大动，因为业务的关系，他正好跟一些影视剧组有些业务来往，别的不好说，进去演个龙套还是可以的，也许他能帮她试试？

想到这里，他觉得身上燥热起来，也许他找到了接近夏如冰的方法。

他飞快地找到夏如冰的主页，点开了私信。

"你真的想要进演艺圈吗？我可以帮你。"

私信如石沉大海，连着两天都没有任何回应。

王昊一下子懊悔起来，甚至有些愤怒，她居然敢不回自己私信？什么意思？

其实没有任何意思，夏如冰根本就没看私信，这几天她忙着吸粉（吸引粉丝关注），根本就没空看私信，私信里没有什么有价值的东西，无非是一些无聊的男人发来求微信，或者是夸她美貌然后顺便求微信，呵呵，真无趣。

夏如冰除了一个微信群以外没有告诉他们任何联系方式，有许多人加群以后想要添加她好友，都被她拒绝了，她才不会为这些人浪费时间，她每天都忙着发文章，然后把文章链接丢到群里去，一群人就会纷纷点赞，在 Big 网的爆红让她觉得有成为网络红人甚至进入娱乐圈的可能，她才没空理这些人的搭讪。

等到两天以后，她想用私信联系另一个男大 V 时，才发现王昊的私信。

夏如冰不禁在心里轻笑一声，男人果然都一样，其实这些大 V 除了粉丝多点，跟那些私信约她的普通用户没有区别，不过，当然，要给他一点面子咯，现在自己还没有红起来，得罪人就不好了。

她随手回了一个："是啊，怎么了？"

几乎是瞬间，对面回复了："我可以帮你。我跟很多剧组都有合作，只要推荐，可以让你演个女配角。"

王昊两天来，几乎是癫狂一般地刷着私信，终于等到夏如冰那句话时，他压抑不住内心的激动，立刻回复了。

王昊无意中吹牛了，如果说帮一个没有任何表演功底和观众基础的人进去当个群演，他是有这能力的，但演配角绝对是吹大发了，中国的影视剧中，最弱势的就是编剧，尤其是他这种还没有成名的编剧。

王昊意识到了这一点，但不觉得有什么问题，在一个女孩子面前吹牛是男人的本能，尤其是一个漂亮女孩子面前，这对他接触女孩子有好处，以前他也这么用过，一般女孩子招架不住，尤其对于夏如冰这种二本三本的女孩子，这种架势一下子就把她们镇住了，靠着这个手法，他曾经跟几个 Big 网上的女孩子上了床。

良久，夏如冰才回过来一条私信，上面只有简单几个字：

"怎么证明？"

"你可以看我的答案，有我的经历。"王昊不假思索地打下这一行字。

"哈，那能证明什么？随便写两句就行了。"

"有人可以证明的，有很多人向我求助过，你可以向他们求证。"

"一样可以用小号的，网上的东西，哪有真的？"

夏如冰的口气轻飘飘的，王昊听得无名火起，禁不住讽刺了一句：

"警惕性蛮高嘛，那你在 Big 网上的东西是不是全是假的？"

"是的呀。"

简单的三个字一下子封住了王昊的嘴，竟令他无话可说，有那么一刻，王昊想截图，把这段话截图下来，交给别人曝光，一定能打击一下这小姑娘的嚣张气焰，但他随即就放弃了这个想法，这没用，夏如冰敢这么说，就不怕自己截图，何况，自己只要曝光，不管是匿名也好，还是用小号也好，这是私信，别人都会知道是自己干的。

冷静下来以后，王昊反倒笑了：有意思，这小姑娘段位不低，也是老手。这样的游戏，他反倒是更喜欢了。

他直接把自己的微信发过去，加了一段话：

"想了解更多，就加微信聊吧，我下周去上海有个会，可以见一面，顺便带你去吃个日料。不信就算了，机会不多，你自己把握吧。"

他给自己倒了一杯杜松子酒，丢进去两块冰，慢慢地啜饮着。十分钟以后，他手机微信响了一下，有人加好友了，是夏如冰，王昊嘴角泛起一丝微笑，他把手机扔在一边，把身子扔在沙发上，继续慢慢喝酒，夏如冰刚才玩够了，该轮到他玩了。

日料是肯定能吃到的，日了也是必须的。

一周以后，王昊乘飞机去上海，他跟女朋友说是去上海开会，其实根本就没有什么会，他当初跟夏如冰那么说，其实只是为了显得自己不是太过主动。

女人嘛，如果太上赶着，暴露自己的需求，肯定会拿腔作势，反而不好拿下了，现在，经过一周的聊骚，他确定这次去上海，一次约会就可以成功上垒。

他对着镜子端详了一下，把领结去掉了，最近他身材有些发福了，虽然还不到三十岁，但实在是有点肥胖了，大概是喝酒太多了吧，他叹了口气，找了件西服穿上，不打领结，也不戴领带了，那样显得身材更胖。

夏如冰也精心地化了妆，完全按照 Angelababy 的妆容，她甚至在淘宝上买了一款她的同款衣服，她慢慢地梳理着头发，盘算着今天她和王昊的会面，她已经基本了解了王昊的实力，王昊这次来，当然不会是真的开会那么简单，多半是对她有所图，她冷笑一声，男人都这样，但她并不害怕，虽然她也是第一次跟男友以外的人接触，但她并不怯场，来就来，只要能换到她想要的东西，她并不害怕。

但夏如冰见到王昊的第一眼就打消了和他上床的想法，他正笨拙地从一辆出租车里挤出来，他实在是太胖了，想想自己出门以前还在冰果群说，今天去见一个帅哥，夏如冰差点就在心里笑出声来。

看来网友见面真是见光死，她心里这么感叹着，但还是满面春风地给了一个微笑，反正自己看上的也不是他的脸。

她早就厌倦了学习，在律师事务所短短的实习经历让她头大，以后要从事这么枯燥的工作简直不可想象。在她看来，她最好的前途就是做明星，她现在急需有个人引荐带她上道，花钱她没有那么多，家里也不会支持。

王昊以他最优雅的方式请她上车，然后自己坐在了后面，司机直接发动车子向前开去。

夏如冰忽然没来由地有点紧张，稍微往一边侧了侧身子，问道："去哪儿？"

"中午先一起吃个饭，思南公馆，我有三个同学也去，都是很有能量的朋友。"王昊扫了她一眼，拍了拍她手，语气很平和。

夏如冰精神上一下子放松了戒备，思南公馆虽然没去过但她听说过，知道是上海很高级的洋房区，去那里不会出什么事情，而且如果真的约了他的同学，今天更不可能发生什么事，她看了一眼王昊，他总不能当着他的同学做什么出格的事吧？

　　王昊刚才虽然假装目不转睛，但还是看了几眼夏如冰的，他也有点失望，夏如冰跟网上的照片差距有点大，网上看起来二十出头，但现实中看起来，虽然经过精心化妆，也有 26 岁左右，丝毫没有少女感，而且个子也比照片看起来矮了很多，虽然还是很瘦，但跟网上亭亭玉立的姿态差远了，人看起来也比较俗气，不过当然，她并不难看，大老远打飞的过来，还算不虚此行，中午吃个饭熟悉一下，晚上再两个人单独吃个饭就会拿下吧。

　　两人在车上彼此试探着聊着天，王昊正襟危坐，有意不去看夏如冰，更不再去碰她身体，两人竟越聊越开了，车很快到了。

　　王昊的三位同学已经等在那里了，两男一女，其中有一对是情侣，听到这样的介绍，夏如冰彻底放下了心防。这种场合，这种地方，王昊毕竟也是体面人，一定不会乱来的。

　　王昊订的是日本料理，他的另外三个同学坐在一起，王昊自然地坐在夏如冰身边，俨然以她男友自居，夏如冰既然彻底放开下心防，也不以为意，帮他把好戏唱下去。

　　这里的日料非常有名，夏如冰从网上看过攻略，但她根本消费不起，所以很兴奋地研究着菜单。王昊眼里划过一丝略带鄙夷的眼神，手自然地环住她的腰，三位同学互看一眼，做了一个你懂的眼神。

　　夏如冰心态倒是很放松，能在这里吃饭，被他揩一点油，她还能看得开，再说，看那几位同学的架势，都是见过世面的，王昊可能所言非虚，大概真的能帮到自己。

王昊的女同学叫沈茹，一直拿着夏如冰和王昊打趣，把王昊一顿好夸，劝夏如冰一定要把握机会。

菜上来的时候，连着上来的还有清酒，王昊拿起酒杯就给夏如冰倒上。

"我不能喝的。"夏如冰连忙阻拦。

王昊肥胖的手像拍孩子一样拍拍她的脑袋："乖，喝一点没事的。"夏如冰感觉他的手离开自己头时顺手从自己耳根旁的皮肤掠过，不知道是不是自己的错觉，她看向王昊，他正镇定自若地给沈茹倒酒。

沈茹笑着说："喝一点吧，王昊是从国外留学回来的，喜欢豪爽的女孩子。你喝一点，说不定他一高兴，什么条件都答应你。"

另外两个男人也说："喝一点吧，不然没意思。"

盛情难却，从不喝酒的夏如冰象征性地沾了一点，并没有她想象的那么辣，反而很绵软，口齿有一丝醇香，王昊也没有难为她，端起酒盅和他的同学们一饮而尽。

这里的菜和环境夏如冰非常喜欢，如果不是他们四个都是陌生人，也许她早就拿起手机拍照发朋友圈了，这不禁让她诚感遗憾，转而把精力用在对付料理上。

她最喜欢的就是厚切生鱼片，她点的那一份很快就干掉了，这让她很惭愧，不过王昊倒不以为意，宽厚地拍拍她的肩膀，又叫了两份，这让她倒有些羞赧了。

"我也经常吃的，超喜欢这个厚切。我爸妈都是上海的重要人物，经常带我来吃。"夏如冰撒了个小谎。

"那么你爸妈不会管你在网上的事吗？"沈茹和王昊交换了一个

眼神，大家虽然不是像王昊跟夏如冰吹嘘的那样很有能量，但毕竟在社会混过几年，夏如冰这种拙劣的大学生式的幻想还是一眼就能识破。

"管哦，所以我不告诉他们。"夏如冰扮了个可爱的鬼脸，"我妈妈管我超严的，由于身份重要，我们家族所有人，不光是我们家，是家族所有人，在网上的言行都是被监控的。"

王昊做了个尴尬的鬼脸，他有点下不来台了，真不该让几个同学来作陪，没想到夏如冰是这样的人，完全是言情小说看多了，还家族，他呷了一口酒，看看沈茹他们的反应，虽然脸上都在专心听夏如冰说话，但估计心里早就笑开了。王昊后悔了，不过是约个炮，没想到要丢这么大个人。

王昊不再跟夏如冰说话，只是频频向她劝酒，夏如冰不好拒绝，也端起酒盅参与到他们的话题中去。

连着几杯下肚，夏如冰才觉得大事不妙，这酒喝起来一点也不上头，但不知道是自己从来没有喝过酒还是今天太过兴奋，很快就觉得晕晕乎乎的，王昊看出来她的不舒服，大方地把她揽过来，靠在他的肩头。

但夏如冰再不敢停留，趁着自己还清醒，摇晃着站起来，说："我不行了，我要回……"

话还没有说完，她就一头栽倒，王昊赶紧把她扶住，把她搀出了酒馆。

王昊拦了一辆出租车，对师傅说了一个酒店的名字，他看着夏如冰睫毛微垂，鼻翼翕动着，顺手揽过来，就要吻下去。这时候夏如冰伸了个懒腰，把他推开去，竟然悠悠醒转，对师傅说："不去酒店，回我家，我家在××街××号。"

"你家没人吗？"王昊没想到她这么大方。

"不，有人，我爸妈都在家。"夏如冰嘴角翘起来，嘲讽地说道，其实她刚才根本就没有醉，只不过想借机出来。

王昊这才意识到自己被她耍了，被这么个幼稚的人耍了，他微微有些不舒服，悻悻地说："过来见我，打扮得这么漂亮，不会就是为了吃顿饭吧。"

"是啊，我们女人就是这么实际，天下的一切事都是为了吃饭，我们穿好衣服是为了吃饭，我们化妆是为了吃饭，我们长得漂亮也是为了吃饭，不漂亮你会请我吗？"

"好像很有道理。"

"肯定有道理，这个道理我很小就懂了，我想你也懂吧。"

"要吃到更好的，得到更多的，肯定不能光是看看就行的。"王昊听出了她的弦外之音，倒是冷静下来，说着把手放在了她的腿上。

"那还要付出什么？"

"你懂的。"王昊说着，又把嘴凑近了夏如冰的嘴唇，但这次没有那么顺利，被夏如冰小手挡住了。

"你不要看我年轻，其实我的实力比你想象的要强得多，我说能办到的事一定能办到。"

"你先办到，然后我给你。"夏如冰坚定地说。

"呵呵，我发现你跟网上不一样。"也许是刚才喝得有点多，也许是对夏如冰的语气有些不爽，也许是刚才在同学那里丢了面子，王昊忽然失去了耐心，"你这种态度不会有人帮你的。"

"那我应该怎么做呢？"

王昊的手顺着夏如冰的腿上移，沿着光滑的玉臂停留在雪纺衫的领口处，好像在检查衣服有没有瑕疵一样："先付出，我看看货。"

　　夏如冰一把推开了他的手："王先生，请你自重。"

　　王昊没想到她态度转变如此之大，他的脸一下子铁青起来，他重新坐好，想稳定一下自己的情绪，发现根本无法冷静下来，他抬起头，目光正对上前座司机看后视镜的目光，他觉得司机的目光里充满了嘲讽。

　　他再也无法控制自己，冲着夏如冰说道："你以为你是谁？你以为我真的喜欢你吗？你这样姿色的我碰到的太多了！你的浅薄的见识更让人觉得可笑！我是同情你才要帮你，多少人想让我帮我看都不看。

　　"我教你一点做人道理吧，你这样的小姑娘，稍微长得周正一点，可能在学校，有一堆男生会捧着你，在网上会有一群人'女神女神'地叫你，但我告诉你，对我们这种事业有成的男人来说，你什么都不是。

　　"我劝你，记住我酒店的名字，自己想清楚了再来找我吧，这样的机会可不多。"

　　王昊发泄完了，把领口的扣子解开，重新又坐正。夏如冰像个充气娃娃一般，一动也不动，不知道是吓傻了，还是在考虑。

　　王昊把夏如冰送回去，又坐车回了酒店，他洗了个澡，上床呼呼睡了一觉，第二天坐飞机回了北京。

　　一下飞机，他就接到了女朋友的电话，打开电话，就听到她怒气冲冲的声音："你是不是去上海了？"

"是啊，我去上海开会，怎么了？"

"开会，骗鬼去吧，你自己去 Big 网，看你干的好事吧！"

王昊翻开手机，打开 Big 网的 APP，才发现，网站的热门里正是夏如冰的一个帖子，这个帖子发在：被性骚扰是一种什么体验？

在这个帖子里，夏如冰声泪俱下地描述了她与自己昨天的经历，在这里，夏如冰把他描述为一个对她不断实施性骚扰的猥琐男。虽然并没有提到他的名字，但是只要熟悉的人和 Big 网上几个熟识的大 V，都知道其实就是他干的。

王昊气得浑身发抖，他才想起来，昨天还发了朋友圈，他在思南吃日料的图片还赫然在目，这更是不打自招。

再往下看，还看到一些他和夏如冰的微信截图，大部分是上周聊的，除了一些暧昧的暗示倒是没有什么，但联系所有事情，看起来自己就是处心积虑要勾搭小姑娘的老手，最要命的是最后一张截图，是夏如冰在微信里留言，内容是："对不起，我不是你认为的那种人。我回来以后气得发抖，我们不要再见了，我一定会以自己的努力得到我想要的，不用您提供捷径。"

看时间，正是他昨天在酒店睡觉的时候发的。

王昊的头轰地一下子大了，他回去看帖子，夏如冰的一词一句都戳在他心窝上：

"我是一个有良好家教的女孩子，我一直以这点为骄傲，在那一刻我觉得我被玷污了。我痛恨我的家教，痛恨自己没有在第一时间揭穿他虚伪的面具，痛恨自己没有在第一时间唾骂他，而是灰灰地等回到家以后，才敢弱弱地对这种骗子渣男大 V 说上两句反驳的话，我太弱小了，我痛恨自己。"

Big 网上到处是声援夏如冰的声音，一堆男大 V 跳出来怒斥猥琐渣男，人渣，男人的耻辱，渣男渣男。

妹子别哭，我们保护你。

人肉出来，让这个浑蛋红。

网上群情汹涌。看着这些，王昊后背上一阵阵冒冷汗。

虽然他一直知道网络的力量，但只有此刻他才感到害怕。

他知道，这些人不光是说说而已。有多少网红这样身败名裂？他想想自己被人肉的下场，不敢想象下去。一旦他的工作信息、隐私，暴露在网上，他不敢想象，夏如冰的那些疯狂粉丝不知会做出什么举动，他身边的人又会受到怎样的影响，他不敢想下去，只觉得口一阵阵发渴。

王昊不敢再等下去，他打电话给女朋友，女朋友没有接。应该还在生气吧！他试着从微信上联系，发现女朋友已经把他拉黑了。

呆坐了一会儿，他又去看了一遍夏如冰的帖子，这才发现夏如冰并没有暴露出他的信息，这才心神稍定。

他倒了杯酒，稳稳心神，现在一切的关键都在夏如冰那里。他想起夏如冰吃鱼肉的样子，小嘴就那么嚅动着，一大块鱼就进入嘴里，他忽然觉得自己就是那块鱼肉。

夏如冰背后一定有高人，不然那么浅薄的女孩子，不会想出这样的高招。

他现在就是夏如冰砧板上的肉，只能任他宰割，这种感觉让他非常愤怒，却又无可奈何。他只能想办法稳住夏如冰，让她删帖。

前后思量清楚了，他这才打开微信，忍住强烈的屈辱感，给夏如冰发了一条信息："对不起，昨天我酒喝得有点多，忘了自己说了什么，有得罪之处，还请原谅。"

夏如冰回了一个"呵呵"的表情包："王总做了什么，自己不知道吗？"

"昨天实在喝得太多了，什么都记不清了，如果对你造成伤害，我道个歉吧。"

"你做了什么，可以去看我的帖子。"

"昨天咱们一起约饭，其实你也有心思的吧，买卖不成仁义在，做人何必那么绝情呢？"

"买卖？好吧，随你怎么想，我如果真的想曝光你，其实可以把你照片和你真名放出来的。但是我一点都没有泄露，连你 Big 网的 ID 都没有说，够意思了吧？"

"'买卖'是我用错了，这样吧，你这个帖子有些熟人还是能认出来，你能删掉吗？"

"删掉啊？可以啊，我有什么好处？"

"下次请你吃饭咯。"王昊故作轻松地说。

"王总的饭我可不敢吃，这样吧，你当初答应我的事情做到，我保证删帖。"

"敲诈。"王昊心里只有这个念头，这是赤裸裸的敲诈，他当初答应夏如冰，无非也是为了约会，吹个牛，现在让他真的去给她找资源做配角，那可就亏大了。

"这个我其实做不到的。"

"呵呵，王总看来为了骗小姑娘什么牛都敢吹，到兑现就尿了，无所谓，我也不删帖了。就这样吧。"

王昊一下子怒火中烧，他操起手机按了语音："你不删帖试试，我告诉你，我对你有的是办法，这家网站的投资方就有我的朋友，我让你删是给你脸了，你不要敬酒不吃吃罚酒，信不信我直接找管理层删帖？到那时候我告诉你，你的号能不能保住都是个问题。"

夏如冰没有理他，回了他一个"一脸冷漠"的表情。

接下来的半个月是王昊有生以来最难熬的半个月，他的私信不断被人问，他是不是就是那个性骚扰的混蛋，还有人直接上来问候他的父母。

他确实有个朋友在为Big网的投资方工作，他打电话过去求助，人家直接说没有具体参投这个项目，没有熟人，等于变相拒绝了他。总算没有白相识一场，这位朋友告诉他，Big网很乐意有这么一个热点事件帮他们吸引眼球，所以不但不会帮他把夏如冰干掉，反而会不断推火这件事，现在注意力就是钱，他们投资人也不能跟钱过不去，他要想把这事压下去，只能通过更多爆料把这件事反转。

王昊气愤地摔了电话，他知道，这个朋友说的是真的，他自己也早有耳闻，只是摊到自己头上，还是接受不了。

女友那里也直接分手了，任凭他怎么解释都没有用，女友家里也是要脸面的人家，断然不会允许这种现象发生，他们认为，光是在准备婚事期间跑到上海，偷偷跟一个小姑娘约会，这就足够说明王昊的人品。

唯一庆幸的是，王昊没有过多透露自己的信息，夏如冰也没有赶尽杀绝，他的工作没有受到影响。

但王昊心里还是不甘，这几天，他眼看着夏如冰的帖子一直出现在热门，夏如冰凭借着这件事又涨了一万多粉丝，看她每天春风得意地在 Big 网发文章，王昊心里就按捺不住怒火，但他知道，他拿夏如冰没有办法。

正在王昊被愤怒折磨的时候，他私信里传来一个信息。

"你好，我是夏如冰的一个粉丝，有点料想要爆给你。"

夏如冰又在耍什么花招？王昊想，这几天他被夏如冰的粉丝折腾苦了，他都有点惊弓之鸟，所以干脆不理这茬儿。

但这个人非常执拗，连着几天都发私信给他，最后一次私信说的是"这个爆料很重要，可能涉及你的清白"。

王昊再也忍不住了，管他是不是陷阱，他办了一个新手机号，注册了一个微信，然后把新微信发给这个人。

很快，一个叫"时光男孩"的人加了他。

"你说的爆料是怎么回事？"王昊还是没沉住气，一上来就直接问了。

"你等下。"对面沉默了很久，等得王昊都心急了。

"不好意思。"那人发完这句，发来三张截图，都是一个微信群的聊天记录。微信群的名字叫"夏日冰果"。

王昊疑惑地检查了三张图，等他看到第三张图的时候，一下子兴奋起来，第三张图中赫然出现了一句话："我被性骚扰，是假的"。说话人的微信头像他认识，正是夏如冰。

王昊感觉浑身的血一下子冲进脑子，他几乎是颤抖着滑动手指看了看全部的聊天记录，没错，是在说他的事，只要有这张图，他相信就会出现反转，但唯一的问题是，图会不会是制作的？他知道有很多这样的制作软件，也并不可全信。

"图从哪来的？"王昊试探着问。

沉默了一会儿，那边开始显示"对方正在输入"，王昊看到了第一条信息：

　　"我是夏如冰的一个忠实粉丝。

　　"从室友那个文章开始，我就很喜欢夏如冰。抱歉，可能在您看起来很幼稚，但是真的从看到她第一张照片起就很喜欢她，她真人开始上 Big 网以后，我就关注她一举一动，只要她发的帖子我就会无脑点赞。想想我当时还蛮疯狂的。"

　　"那你怎么会帮我？"王昊忍不住发问。

　　"后来夏如冰建了一个群，我第一时间就加入了，以为在群里可以跟她多接触，后来发现，她这个群早就存在了，她只跟几个老人和大 V 聊，对我们这些小透明都是爱搭不理，然后每次写出来新答案都会让我们点赞，不点赞的还会对我们嘲讽，搞得大家都很不爽，虽然大家确实喜欢她，但不代表这个要成为我们的义务。"

　　"大概她很想红吧？"王昊故意诱导了一下。

　　"是的，进了群才发现她跟文章里描述的她完全不一样，她非常虚荣，那个群根本就是她为了红建立的，那些早期的老人全是她的同学，每天帮她找话题，让她来写，她写不出来就让大家贡献意见，每天绞尽脑汁琢磨怎么骗赞、骗眼球。"怪不得网上网下夏如冰是两个人，网上见解很独到，网下却那么幼稚。

　　"难以置信，那这些人为什么帮她？"

　　"我能猜到一个原因，夏如冰根本不像她说的那样。她考的是上海最差的一个大学，她的成绩应该是中学里超级烂的，即使这个大学也是她复读一年考上的，一来她年纪大一点，二来她本身心机又重，这个学校大部分是外地考生，到了上海以后一抹黑，她凭借本地人的优势，再加上爸爸是复旦教授，母亲是公司高管的光环，所以很多人都巴结她。"

"那她父母的真实身份呢？"

"真实身份我也不清楚，只知道这些了，还有就是夏如冰其实不姓夏，她真名叫江彤彤。对了，她跟父母关系非常糟糕，根本不像她说的那样，受到父母很大影响。"

"这个何以见得？"

"你等一下。"

又是半天工夫，对面终于又发来消息，是两张图片，都是夏如冰的聊天记录。

一张内容是"我早就为自己打算好了后路，上次我爸病危，在病床上我就逼他立下遗嘱，让他承诺死后所有财产都归我。我就吓唬他，如果死了以后妈妈改嫁，你的宝贝儿子被人虐待我可不管"。

"我弟弟比我小十几岁，当初要生他的时候我都疯了，跟他们怎么闹都没用，他们就是重男轻女，非要生下来，然后各种宠他。生下来以后，我就知道我怎么闹都没用了，但我很聪明啊，我那时候就学了法律，知道我那时候杀人是不犯法的，我当时想要不干脆把他们杀了，后来想留着他们还有用，才没有动手，我看明白了，我父母马上老了，他们斗不过我，我弟弟还小，我天天给他洗脑，他现在完全被我洗脑了，都听我的，将来家里的所有一切都是我的。"

王昊看得目瞪口呆，继而哈哈大笑，他双手扶住桌子，眼泪都笑出来了，他以为他遇到的是一个天生的阴谋家，没想到却是这样一个对手，这姑娘其实智商非常堪忧，能在四百多人的群里，有这样的聊天记录，智商不会高到哪里去。

他现在有十足的把握扳回这一局。夏如冰之前发的帖子，说自己家庭怎么和睦，和弟弟怎么感情深厚，真实情况却这么不堪，父亲病重在床强迫他立遗嘱争家产，想杀掉弟弟杀掉父母，这样传到网上去，简直太好玩了，人们最喜欢看的就是偶像毁灭，人设崩塌。

"这个，有用吗？"微信那头弱弱地发来一个消息。

"有用，太有用了。有这个夏如冰就完了。"王昊保存了这些截图，不再理这个人。他大脑飞速地运转着，他需要一些更充实的证据。

接下来的几天，王昊马不停蹄地联系了一家网络调查公司，调查江彤彤的背景，传来的消息非常可喜：江彤彤的父亲根本不是什么复旦教授，真实身份是一家四川畜牧公司的中层技术干部，后来业务扩展来到上海分公司，才全家移民到上海，挂职在复旦学习过，有一个在职的复旦硕士学位，母亲也不是什么高管，更不是什么商界奇才、股市大神，就是一个家庭妇女，平时爱炒炒股票。

这位老技术骨干和家庭妇女，一定没想到，自己被女儿吹嘘得这么厉害。

王昊捏着这薄薄的一页纸，轻蔑地笑出声来，不过是个棚户区公主，如果是真的复旦教授，他还有些顾忌，现在嘛，他有一百种方法让这小姑娘身败名裂。

他现在只是考虑怎么折磨她会让她难过，他可以把聊天记录寄给她父亲，那个畜牧公司的老干部，让他看看女儿的另一面，也可以直接把这些公布在网上，慢慢地跟她玩一玩，甚至可以直接发给夏如冰，让她一点点感受压力，那一定很好玩。

正在王昊畅想的时候，忽然微信响了，是夏如冰的信息。

"什么时候送我进剧组？"

王昊扑哧一下笑了，都什么时候了，还想好事？

"呵呵，送你进剧组，你猜我知道了什么？"

"知道啊，你知道我的家世没有吹的那么厉害，也知道我上了一个非常糟糕的大学，还知道，我说的父慈母严、姐弟和睦也都是假的，还知道我想红想疯了。"

"那你不怕我曝光？还敢要挟我？"

夏如冰什么都没有说，发来一张照片，是一张性感的美女照片，几乎一丝不挂，把美女的身材完美勾勒出来，王昊定睛一看，正是夏如冰，他下意识保存了一下，但马上意识到不对。

"什么意思？"

"如果你不按我的意思做，我就把这张照片投放到网上去，等到炒热之后，就把聊天记录的截图放上去，就说是你泄露的。"

这句话一出现，马上就撤回了，看来是蓄谋已久，王昊连截图机会都没有。

"呵呵，我还有你的忠实粉丝的聊天记录，我不用做别的，光是公布那些截图就行了。"

"对了，忘了告诉你了，我已经把他搞定了。"

"哦？怎么搞定的？"

"单身狗嘛，很好搞定的。他拿那些截图来，说要发到网上去，威胁我，我跟他约会了一次，亲了他一下，现在我说让他干什么，他就会干什么，你猜他会听你的，还是听我的？"

王昊一时气结说不出话来，良久，才打出三个字。

"聪明，服。"

"你错了，不是我聪明，是我比你更拼，比你们这些人更豁得出去。我知道你看我幼稚，看我见识浅薄，但是没关系，我行动力强，我不会像你们一样瞻前顾后。你们以为你们有高学历，有点小社会地位，就可以随便欺负我，但是你真的敢撕破脸跟我拼命吗？对你们来说，赢了我无非就是骗个色的事，但对我来说，那是我吃饭的饭碗，我舍得豁出去，你舍得吗？把你的工作，还有你积累的名誉声望都豁出去，咱们一起对赌，你敢吗？"

王昊沉默了，他不敢。

王昊费了九牛二虎之力，终于帮夏如冰搞了一个剧组的配角名额，有几句台词，这已经动用了他所有的资源。夏如冰的基础太差，他费了很多资金，用了很多人脉才搞定。

搞定这件事，他觉得精力都耗尽了，于是申请了休假，出国旅游散散心。

王昊看着夏如冰的微博，现在想想还是不甘，不甘中，还有一丝余悸，他打开 Big 网，自从这件事以后，他已经好久没上了，Big 网的私信信箱里，有几十条私信，他点开，一条私信赫然跳入眼帘："您好，能帮我点个赞吗？"

王昊点开头像，又是一个美女，看样子，是 Big 网的另一位新晋女神，吓得他赶紧把她拉黑了，然后卸载了 Big 网的 APP。

CHICKEN COVERED WITH PORK TRIPE

肚包鸡

—
这仗他赢了,
以后即使不干这行, 他也是业界标杆。

曹培东死了。

曹培东是 Big 网的知名病人，知名病人的意思，一般是得了绝症。不知道从什么时候起，知名病人成了中文网站的标配，任何一个网站都有一个身患绝症的病人，他们把自己生命的最后一段时光放在网络上，引起人们的同情，激发人性的所有美好，所谓人之将死，其言也善，他们的写作不管水平高低也被奉为至理名言，出版后总要热销一阵。

曹培东就是这样一个病人，因为罹患急性淋巴癌，一直处在死亡的边缘，他在 Big 网上述说他的痛苦和不甘，得到了很多人的关注，很多人慕名赶来嗟叹，Big 网也乐得用他吸引流量。

何谓是在 Big 网的大 V 群里知道曹培东的死讯的，看了几眼觉得烦就关了。

倒不是何谓对曹培东有什么意见，恰恰相反，何谓是当初最早发起对曹培东捐款的人之一，当初曹培东刚来 Big 网的时候，因为病重筹钱，还被这些大 V 说是骗子，那时候何谓是第一个站出来帮曹培东说话的。

现在 Big 网上和群里那些秀正义刷存在感的人，其中不乏当初指责曹培东是骗子的人，当初言之凿凿，可现在谈起曹培东，言必称自己是曹培东生前密友，好像是他几十年的好朋友。

这些人的举动何谓是有些不齿的，明明就是聚集人气，把自己搞得跟白莲花似的。

何谓上其他网站看新闻，没想到曹培东这事闹这么大。原来曹培东死之前，曾经在一家知名网站上找过资料，也是病急乱投医，按照那家网站的推荐去了一家民营医院，结果花了不少钱，还耽误了治疗，曹培东的病本来也是绝症，治愈的希望不大，但是这家网站本来就不干净，网民听到这个消息就炸了，认定是这个网站的推荐广告害死了曹培东，纷纷要讨还血债。

回到 Big 网，此时也正群情激奋，那些平时爱秀正义感的大 V 正纷纷谴责，忙着谴责网站和医院，拉着互相点赞，不放过这个刷声望的大好机会，何谓忽然觉得有些恶心，正好手机响了，就不看了。

一接电话，何谓有些惊讶，找他的居然就是这家网络公司，不过随之也就释然了，网上的消息对民营医院几乎没有影响，他们的客户大多对网络不敏感，这家网络公司可就头大了，到处找公关公司想把舆论平息下去。

何谓的本职是一个网络公关公司小老板，他原来做得一般，近半年来，他开始在 Big 网这个论坛写作，没想到竟然一炮而红，成了 Big 网崛起速度最快的一个大 V。他写作能力很强，也知道怎么找热点话题，圈粉非常快，很快就有一大堆粉丝。

依托 Big 网这个平台，靠点赞和发软文、公关文，业务几乎跟 Big 网所有大 V 都有交集，日子过得还有些滋润，现在是 Big 网四大公关公司之一。

对方很着急，上来就摆明了来意：我们请你在 Big 网做个公关，曹培东这个事，价钱随便开。

何谓一下子笑了，他接了那么多公关，开始跟他绕来绕去的多的是，就是不谈价钱，等着对方抛底牌这才是谈合同的套路，上来就把底牌亮出来，看起来是真着急了。

Big 网跟别的网站不同，Big 网有些特殊，Big 网的用户，特别忌讳收钱点赞和软文的行为，何谓平时做这些事都在地下，网上没有人知道他做这个，那些知道的大 V 也都心照不宣。

而且这家公司一向名声不好，时不时被曝光出来，这次曹培东事件，触动了网民的神经，估计真的是急了，何谓故意顾左右而言他，东拉西扯，他把手机换到另一个手上，把另一个手机打开，飞快地浏览了几个社交网站，搜索了曹培东之死，果然他猜得没错，已经无法显示，几乎所有高流量的文章和消息，都被删除了，所有其他社交媒体的大 V 都对这个热点事件缄口不言，看起来都被公关了。

这家公司效率很高嘛，何谓暗暗给他们的工作效率点了个赞。

不过这没用，Big 网这次是事件的策源地，相当于洪水的源头，只要源头不断有人在制造内容，其他社交网站就会不断有人分享转发，这样下去，多少公关费用都不管用，他们肯定也心知肚明，所以才这么着急。

"这个案子可不好做啊，弄不好我们很被动。"何谓跟他继续打着哈哈，让对方觉得事情难办总是好的，不过他说得也没错，这种事何谓见得多了，网民情绪一上来，就跟洪水泛滥一般，没有溃堤之前怎么都好说，溃堤之后，再想收回来就难了，他是玩弄舆论的高手，深知这个道理。

"不是难做的案子也不敢劳您大驾不是，何总，这个您可一定要帮我们啊，以后我们有什么案子优先找您合作。"

何谓有点心动，但还是忍住了："我们考虑一下吧，能做不能做我们要商量一下。"毕竟这么大事。何谓真的有点排斥这个案子，虽说他也知道，这家公司不是主凶，但是心里还是有点硌硬的，再说曹培东人都死了，生前多多少少有些交集，兔死狐悲总是有的，这钱何谓不打算赚。

"行，但是希望您尽快考虑，我们稍后再联系你们。以后你们有别的项目我们也可以帮你们推。"

最后这句话余音袅袅，何谓心里又有些动了，这个案子肯定钱不会少，但他关心的倒不是钱的事，而是帮他推广的事。

他现在准备出书，他很清楚销售的价值，这么大的网络公司，能给他带来多少流量，本来这是求之不得的机遇，现在却被他赶上了，虽然只是一个口头承诺，但借了这一个善缘，以后也好相见。

何谓不缺钱，公关项目他都不打算搞了，他脑筋活，最近搞了个别的项目。

Big 网上的那些大 V 多少都有些粉丝，但是 Big 网是个特别抠门的网站，虽然自己的商业广告打得很多，但对用户的商业推荐却管制很厉害，所以大多数大 V 都很穷。

何谓前段时间想了个辙，把那些大 V 请出来，叫 V 聊。让他们讲个一两小时的课程，或者干脆就是讲讲故事，吹吹牛，然后把他们的粉丝邀请进群，每个收费几十块钱、几百块钱不等，给粉丝和大 V 们接触的机会。

谁知这么一弄，非常对年轻人的胃口，一下火起来了，每次课都有几百上千的人参加，大 V 们也很乐意参加这样的项目，动不动就有几万元的收入，乐得参加。年轻人正是好奇心重的年纪，能听到大 V 们谈话就觉得很满足了，对内容要求也不高，所以越办越火，何谓只从中抽取百分之十的利润，已经赚翻天了。

他一直想把这个项目做大，现在能被大公司推广，一下子局面就打开了。这才是个真正的创业项目，在国内，他算是首创，这比做公关有成就感，他也很看好未来。

不过他还有一个担心，就是 Big 网官方的态度，现在所有的业务都在 Big 网上，官方的态度很暧昧，之前曾经有人在 Big 网做营销，整个团队全被封号，何谓不想重蹈覆辙。

想到这里，他打开了微信，这个大 V 群里还在持续愤怒中，他摇摇头，他是做公关的，太了解这些人了，表面上比谁都正义，联系他助理的时候个个节操尽失，恨不得一两千的公关文都写。

他扫了一眼就去找他要找的人，那是 Big 网的一个管理人员，叫曹国忠。何谓跟他一起吃过饭，那时候还没有在 Big 网做公关和课程的生意，就是单纯的在 Big 网写作。

那时候他工作不顺心，正好有这么一个平台抒发，所以写得很勤奋，慢慢有了名气，然后 Big 网专门组织了一次聚会，这是一次非正式的线下聚会，发起人是另一个大 V，代表 Big 网官方参加的就是曹国忠。

那天曹国忠穿着一件美国藤校的套头衫，牛仔裤，看起来很随性很好打交道，别人把何谓介绍给他，曹国忠很夸张地用右手食指指着他："原来你就是何谓，我喜欢你。"

何谓当时觉得受宠若惊，曹国忠也很好相处，说了很多肝胆相照的话。曹国忠很兴奋地拍着何谓的肩膀说："好好写，Big 网全靠你这支笔，哦不，是键盘。以后你就是 Big 网自己人了，有什么事，直接找我，我罩着你们。"

这话听在何谓耳朵里，心里那叫一个熨帖，觉得终于找到组织了，满心都是报效的心理。

那天吃的是肚包鸡，就在 Big 网附近的一个小餐馆，据说，Big 网的管理层平时加班就在这里吃夜宵，这种非正式的小型聚会经常搞，Big 网发展早期，甚至是几个创始人亲自出来组织，只有跟 Big 网的管理层吃过肚包鸡，才算自己人。

何谓回去以后，立即更新了两篇文章，算是明志了。

那以后，何谓打定主意在 Big 网扎下根来，越写越红，几次群里看见，曹国忠对他都称兄道弟特别客气。

何谓的想法是，干脆约曹国忠出来吃个饭，把事情谈清楚，把自己在 Big 网的发展计划摊开来谈，如果能行，就继续搞，该给网站分成就分成，给 Big 网一个计划外的商业项目，如果不可以，自己就收手，不让曹国忠作难。

"晚上有空吗？约个饭？"

"晚上要加班啊，就在门口，还是那家肚包鸡行吗？"曹国忠回得很快。

"行，我请。"听到是肚包鸡，反而安下心来了，还是没把自己当外人。

七点半的时候，何谓坐在那家肚包鸡等了十分钟，曹国忠才姗姗来迟，跟他来的还有一个人，个子不高，白白净净，架着个无框眼镜，脸上似笑非笑的。

曹国忠一进门就道歉："实在对不住，这么近还让你等，对不住。"

"没事，我也刚刚到。"

"这位是 Allen Liu，也是 Big 网一个大 V，你们应该认识，大家一起吃个饭。"

"欢迎啊，来的都是朋友。听说过，你写得不错。何谓。"何谓主动把手伸过去，这个人也是他合作过的一个大 V，发公关文和点赞很频繁，但是粉丝量不大，都是他助理联系，真人从来没见过。

Allen 居然没伸手，呵呵干笑了两声："我才是久仰大名，听说您的生意做得很大，要不要找我点个赞，一个赞三千。"

何谓听了冷笑一声，这种人不知道哪里来的莫名其妙的优越感，既然他直接说了，何谓也就没给他留面子："哦，那你要注意账户安全，我的助理让你的 ID 点的三百一个的赞，一定是你被盗号了。"

Allen Liu 的脸一下子红一块白一块，气氛一时剑拔弩张。

曹国忠呵呵笑了一声："何总生意做得好大，Allen 刚回国就知道了。"说着，就找了个座位坐下，拿起了筷子。何谓听他这么说，也轻松了一些。Allen 才讪讪地坐下。

何谓也不理他。曹国忠倒说话了："这个肚包鸡出国前我从来没吃过，回国后到了 Big 网，跟黄总他们吃了几回，居然爱上了它。不过谁能想到，就是猪肚和鸡，居然能弄出这个花样，胡椒也配合得很妙。国外只会把鸡烤熟，多加烧烤酱，哪里知道把鸡包在猪肚里吃，在国外那几年真是受苦了。"

肚包鸡，就是把一只童子鸡包在收拾干净的猪肚里，用砂锅文火煲熟，加上胡椒粒，汤鲜甜微辣，猪肚厚重，鸡肉肥嫩，三种不同口味，曹国忠说得没错，虽然其貌不扬，但确实是道非常有创意的菜。

Allen Liu 不阴不阳地说："中国人真是在饮食方面有天赋。"

何谓听着不舒服，但也没理他。曹国忠用筷子翻开一片猪肚，夹了一块鸡肉："我觉得这个不要叫肚包鸡，可以起个名字，'大有玄机'。"

何谓和 Allen Liu 都笑了说："这个名字取得好。"

曹国忠嚼着鸡肉说："何总今天约我吃饭，不会也是大有玄机吧？"

何谓听他这么说，也就不客套了，也拿了双筷子，边吃边试探着把自己的想法说给曹国忠："老曹，你知道，我现在运营的这个 V 聊，很多大 V 都开始参与，我也没想到做这么大，不知道会不会破坏社区氛围。"

曹国忠头也没抬就说："没有啊，我看挺好的。"

何谓一下子放心了，但还是拿不准："你们官方要是觉得不行我立刻叫停，我挺喜欢 Big 网的，不想给你们添麻烦。"

曹国忠放下筷子，笑了："老何，你真是想多了，内部没有声音认为这个有问题，我们同事都觉得你很有头脑，Creativity，都很好奇，你这个到底是怎么运作的？"

这么一说，倒让何谓有点不好意思了，找老板要了酒，曹国忠赶紧拦他，说："我一会儿还要加班，不能喝。"

"我知道你不能喝，我喝，咱们干一个。"何谓打开了酒，给自己满上，举起了杯子。

曹国忠拿水跟他碰了一下。

"有你这句话我就放心了，来之前，我还挺担心。"

"真没事，何谓，你跟我说说你这个 V 聊的事，我想详细了解一下。"

曹国忠把胳膊撑在桌子上，手指交叉放在下巴下面，摆出一个倾听的姿势。

何谓心里一块石头落地，一边喝酒，一边把 V 聊的运营情况、市场前景一五一十地说给曹国忠听，听得他频频点头。

何谓信心满满地说："我预计这个做好了，一年大概上千万营收不成问题，Big 网需要提成可以跟我说。"

末了，曹国忠拍拍何谓的肩膀："老何，好好干吧。我觉得这个很有前景。我们就不提成了，你们这些在 Big 网的大 V 事业成功，我们才有面子嘛，这事就这么定了。"

这话等于当面拍着胸脯打包票了，何谓激动得多喝了几杯酒，回去的时候，感觉走路都带风，浑身是劲儿。

何谓打了一个滴滴，他看了看手机，好家伙，有十几个未接来电，全是那个网络公司的。

何谓拨通了他的电话，一接通，电话那头就迫不及待地开口了："何总，您考虑得怎么样了？"

"我们接了，一人八万，我给你找八个大 V 写文，保证都是重量级的，稿子一次通过，不再修改，预付三分之一款项，另外还有一个条件，我的 V 聊以后需要你们宣传一下。"何谓虽然有了几分酒意，但今天他觉得自己说话特别有力，吐字很清晰，他的条件很苛刻，一般文案没有不许修改的。

"行，我全款先预付给您，您项目推广的事，没话说，只有一点要求，要快。"对方爽快地答应了，而且直接全款，在何谓的公关生涯中，这是前所未有的。

"好，款到即发。"

"明天一早，您就能看到钱。"

何谓其实早就把文案的思路想好了，这是他的一个习惯，拿到一个案子，不管接不接，脑子里一定会想到怎么写。

路上，他直接联系了七个经常合作的大 V，分别发了条微信：来大活儿了。

很快，所有人都发来回电，询问跟谁合作，一听到是这个公关，所有人都沸腾了，纷纷回信："老大，牛，这个你都搞定了。"

其中有个叫简风的妹子还跟他撒了个娇："谓哥，这么好的生意想着我，有时间请你吃饭哈。"

何谓得意地笑了，他决定了，这是他最后一单生意，做完这个生意彻底就不干了，全力投入 V 聊，这一战也将成为他的经典之战。

想到这里，何谓把他的思路发给几个大 V，他定的策略是"豺狼当道，安问狐狸？"把针对网络公司的矛头引开，指向医院，实际上这也是实情，罪魁祸首还是那个医院，他觉得这样做没什么问题。

"今天十二点前必须交稿，有调整我会让助理联系你们，明天早上都等着我通知，随时准备统一发。"发完这条微信，何谓把头枕在后座上。

回到家，他把腹稿一挥而就，又改了几个错字，交给助理。午夜的时候，稿子陆续交来，他针对每个稿子提出修改意见，等到全部定稿，已经是凌晨三点。他这才躺下打了个盹。

第二天，银行工作时间刚到，助理就通知他收到款项了，六十四万，一分不少。何谓直接通知了那七个大 V，让他们今天陆续把文章发了，顺手把自己文章也发了。

果然，何谓的策略非常有效，很快舆论的风向一变，这些大V影响力不可小觑，很多人也开始纷纷谴责医院，连那个大V群里的那些人，也开始在热烈讨论医院的问题。

下午的时候，何谓助理清点了一下，一共发出去八个文案。

何谓得意地笑了，这仗他赢了，这是Big网有史以来最成功的舆论公关案例，以后即使不干这行，他也是业界标杆。

正在得意的时候，何谓发现有人开始骂他，开始是一些匿名用户，说他收钱拿公关。

接着就有大V跳出来说，何谓吃了人血馒头，拿了公关费，第一个跳出来的就是那个Allen Liu。

何谓倒是没在意，公关被骂是难免的，只要没有证据，他们一点办法没有，何况说到吃人血馒头，怎么也轮不上何谓，那些借曹培东刷存在感的才是真的吃人血馒头。不过他还是从微信上联系了一下曹国忠，问了问Allen Liu的背景，曹国忠没回，大概还在工作吧。

出乎意料的是，这些人的声音意外地大。更令何谓没有想到的是，很快，有人爆出来和简风的聊天记录，里面赫然显示，简风跟人夸耀，自己接了个大活儿，一篇文章赚十几万，可以买自己心水的包包了。

"蠢货！这个女人。"何谓有点后悔把她拉进来了，早知道还不如用助理的小号呢。

接下来的情节发展更令人瞠目结舌，简风站出来了，主动扒皮何谓把自己撇清，她把何谓跟她的聊天记录发了出来，还有自己以往跟何谓合作的记录，揭露何谓的真面目。

何谓脑袋一下子大了，这等于把柄落在了别人手里。这个女人，背叛得挺快。

她声泪俱下地说，自己是个小姑娘，什么都不懂，有了名气以后觉得给几个品牌做广告也没什么，后来慑于何谓的淫威，越陷越深，最终一念之差，做了这个公关，她看了 Allen Liu 的文章才意识到问题的严重性，她幡然悔悟，站出来揭露何谓，让这个黑团伙曝光。

"淫威？放屁！"何谓跟她除了业务往来，几乎没有关系，但没有办法，明知道她只是扮白莲花，却一点办法没有。

她说，她虽然是一个爱慕虚荣喜欢钱的姑娘，也想利用网上的名气赚点零花钱，但是为化妆品、生活用品打个广告可以，这种谋财害命的血汗钱她绝对不会赚。她现在很害怕，不知道会不会得罪何谓，人身安全能不能得到保证。

何谓虽然还在气头上，看到这里却笑出来了，自己要有那么大能耐，干吗干公关这行，直接开讨债公司算了，但笑归笑，他知道问题棘手了，简风以知情人的面目出现，等于坐实了何谓的罪名。

简风这么一搞，摇身一变成了潜入黑公关团队的女侠，下面的评论也是一边倒，纷纷赞扬简风：

女神今天二米八。

女神有原则。

你好勇敢。别怕，跟狗公关战斗到底，你有我们。

"狗公关"何谓冷静地思索了一下，让助理迅速 PS 了几张图片，都是关于聊天记录的，都是他跟名人政要的对话。

何谓针对简风的指控，写了一篇文章，说："对，我不但让简风女神为我做了广告，还让奥巴马、希拉里都在百忙之中为我写了公关稿，我的钱已经汇过去了，现在他们还没有发怎么办，在线等。"

何谓的这一招很厉害，不着痕迹又把风头扭转了过来，网民一下子认识到，原来聊天记录可以PS，于是纷纷加入这个竞赛，嘲弄简风。

有惊无险，何谓松了口气，这场风波就此过去了。何谓又联系了一下曹国忠，让他把简风的文章删掉，做公关毕竟还要低调，他的最后一战，他还想继续经营V聊，不想留下污点。

但何谓没想到的是，晚上的时候，Big网官方把他封号了，但理由不是公关，而是谋求不正当曝光，说他是团队合作，和其他大V互相点赞，同时被封的还有几个大V，有几个是发了公关稿的，有几个只是跟他平时关系密切。

何谓简直莫名其妙，这种事情当然是有的，网络也是小社会，谁没有几个网友，互相之间欣赏点赞，或者人情往来客套一下总是难免的，因为这个封号，简直闻所未闻。

但网民只看到了何谓被封号，现在没有人去关心曹培东的死了，何谓被封号一下子成了热点事件，变成何谓做黑公关，被Big网封了，还给了他一个绰号"血馒头"。

还有"纵有千年铁公关，终须一个血馒头"这样的句子开始流传。

何谓又气又怒，这都什么跟什么啊，但没有时间跟网友较劲，他一边让助理申请小号申诉，一边联系曹国忠，但曹国忠那里，如同石沉大海，杳无音讯。

何谓不能再等了，他决定去 Big 网，找曹国忠，他拿起外套，准备出门。

"何总，Big 网又发公告了。"

何谓冲过去，盯着助理的屏幕看，看到了 Big 网的公告，这是关于新产品上线的：

Big 网的朋友们，想听你喜欢的大 V 讲课吗？想让他们高效地传授一个行业的经验吗？想要快速地获取知识吗？

Big 网上线了一个新功能：BIG　live。用一个半小时，与大 V 一起学习、聊天。

我司将于今天二十二点开始更新，预计持续到明天早上十点。此次更新是为 Big live 上线准备，给您造成的不便敬请谅解。

何谓一下子怒了，抄袭，这不就是复制了自己的 V 聊吗？怪不得要封自己，他回想被封的几个大 V，都是上过 V 聊的，怪不得，他夺过助理的鼠标，翻到公告下方，那里赫然写着：

Big live 团队负责人：曹国忠。

何谓的外套滑在地上，他也没注意，如同石像一样呆住了。

助理听见何谓嘴里喃喃地说着什么，仔细一听是：大有玄机啊，大有玄机。

NOODLES
WITH SOY
BEAN PASTE

炸酱面

一

命运

有时候跟面馆里的面很像，不知道什么时候

就给你来点硬的，让你猝不及防。

和顾倩去楼下吃面的时候，简杰跟面馆的老板娘大吵了一架。

　　今天的炸酱面太硬了，简杰十分怀疑，老板娘是拿干面条煮的。如果是平时也就算了，可今天有顾倩在，他不想就这样算了。

　　简杰是一家国企的财务总管，顾倩是一家企业的HR（人事专员）。

　　两个人平时都忙得脚打后脑勺了，虽然是夫妻，可一天也难得说两句话，一起吃饭的机会更是凤毛麟角。

　　本来简杰是订好了一个餐厅的，两个人这样忙，关系淡漠了不少，最近连夫妻生活都几乎没有了，几次晚上有想法了，简杰去找顾倩，顾倩都推说身体不舒服，简杰只能作罢。

　　这弄得简杰也很不爽，脸上都焕发了第二春，几个痘痘都开始出现了。

　　所以这次专门找了个好馆子，结果顾倩那头说，还是找个面馆吃炸酱面吧。这句话说得电话那头的简杰心里那叫愧疚，当初他和顾倩认识第一次，就是吃的炸酱面，这对他们俩有重要意义。

　　也好，两个人的关系也许能借着回忆拉近些。

　　谁知道居然吃到这样一碗面条。简杰把伙计叫过来，结果那伙计也是不机灵，叫了几次都不答应，简杰的话里就带了几分火气，等到老板娘来的时候，已经跟伙计对上了，老板娘也是没好话。

　　结果炸酱面也没吃成，倒吃了一肚子气，最让简杰无法忍受的是老板娘那句话："看你穿得也是人模狗样，为了一碗二十块钱的面，你至于吗你？"

不知道怎么回事，一听到这句话，简杰的血噌地一下子涌到了脑顶，要不是顾倩拦着，也许一碗面就扣在老板娘脸上了。

简杰不是一个脾气暴躁的人，他是很能控制自己情绪的，但老板娘说那句话的时候，简杰真的觉得受伤了，他一个央企的部门财务主管，美国海归，居然跟人因为一碗面差点打起来，这样的人生太失败了。

简杰不知道自己是怎么出了面馆的，冷风一吹，他脑子冷静了一些，方才有些后悔。

顾倩这时候方松开了攥着他的胳膊，在他前边低着头走着，专心致志地踢着一个小石头，不知道她在想什么。

她今天化了淡妆，穿着一件嫩黄的高领毛衣，浑身都有一种温柔的力量。简杰觉得自己的心一下子软了下来，觉得自己很对不起她。这样好的一个女人，还要跟他在相识的纪念日吃炸酱面，还因为自己的坏脾气，连面都没吃好，确实也是委屈了她。

这样的女人，就算跟他离了婚，也会有很多人追吧。简杰不知道怎么了，忽然想到离婚，也许他最近太不自信了。

想到这里，简杰的怒气一下子烟消云散，他赶上几步握住顾倩的手——她的手真冷——柔声说："那个餐厅的座位我还没取消，咱们去那里吧。"

顾倩从他的掌心里把手抽出来，抱着膀子走路："不用了，其实吃什么不重要的。"

简杰心里有点不快，又是这样，顾倩不会真的有什么事吧？

"对不起，我不该生气的，破坏了今天的日子。"

"没关系的，老公，真的没关系。"顾倩咬着嘴唇，小心翼翼地拣着字眼，"其实我很担心你。"

"担心我什么？"

"老公，不知道你有没有发现过，你现在的精神状态不大对头。"

"什么？"

顾倩停下来定定看着他："有几次，我看见你说着说着话，牙就咬起来了，看起来恶狠狠的，你那样我很害怕。你是不是遇到什么事儿了？你原来不这样的。"

"哼，"简杰的牙一下子又咬起来，"现在不就是嫌弃我吗？当初我给你们家买房买车的时候怎么不说这些？"

顾倩泪一下子涌出来了："我是这个意思吗？你把我当什么人了？"

简杰一愣怔，一下子呆住了。一片树叶飘下来，已经是秋天了。这是北京最好的季节。天哪！他都说了些什么？

顾倩说的，他不是没有意识到过，有好几次，在跟经理汇报工作的时候，如果经理有不满的意见，他就会咬紧牙关。

怎么回事？他也不是很清楚，也许是生活压力太大了吧。

命运有时候跟面馆里的面很像，不知道什么时候就给你来点硬的，让你猝不及防。

简杰从来没有想过，在他人生走到了三十四岁的时候会陡然变得艰难。他曾经无数次设想过自己三十五岁的样子，有时候他想的是带着顾倩周游世界，有时候他想，他们应该有两三个孩子，至少一个女儿一个儿子，女儿温柔美丽，像顾倩，儿子，儿子最好也像顾倩。那时候已经不需要他怎么拼搏了，不需要他像自己一样了。

但没想到他的人生是现在这样，住在租来的房子里，根本不敢要孩子，周游世界的计划更是遥遥无期，还要为一碗二十多块钱的炸酱面跟面馆老板娘打架。

简杰从小就是那种"别人家的孩子"，上最好的小学，上最好的初中，最好的高中，他一直是最优秀的那个，"简杰"是个禁用词，如果不小心提到他的名字，准会带来家长一连串的"你看看人家简杰，你再看看你"。

简杰一路顺风顺水，毫无意外地考到了北京，虽然并不是清北那样的顶尖大学，但对他那个县城的教育水平而言，已经是发挥的上限了。

在北京，他才第一次知道什么叫人外有人、山外有山，在大一时候他对这句话有了痛彻心扉的领悟，他清醒地认识到，自己不会成为科学家。在这一年里，他也飞快地见了世面，他的理想迅速从一个航天专家变成了一家公司的财务总监。

简杰靠着还算不错的绩点顺利地转系到财务专业。

理想的破灭没有带给他任何打击，反而让他庆幸自己的反应迅速及时，毕竟他的家庭也支撑不到他成为航空专家的那一天。大学校园并不是他想的那样，他的同学们也不是背负民族国家希望的天之骄子，他们忙着考级、考证。

早点认识大学和社会的真相不是坏事，在这个就业四平八稳的专业里，他反倒是如鱼得水。

在一次专业课上，他认识了顾倩。顾倩是人力资源管理专业的系花，在这个专业化非常强的学校，这两个专业几乎等于边缘的边缘，很多学生就此开始自暴自弃。

简杰和顾倩倒是清醒的现实主义者，简杰早都看透了未来的道路，那些现在在校园把头高高昂起来的强势专业的学霸，未来很可能分到祖国的某个三线城市的设计院，负责某型导弹的研制，如无意外，将来肯定会以××导弹或者××无人机之父的名字载入共和国军工发展的年鉴中，但简杰也同样很清楚，自己寒窗苦读十年，也不是为了重新回到小城市，让自己的儿子重复自己的命运的。

他要留在北京，就不能学那些学校的强势专业，选择财务管理是他最稳妥的出路。顾倩是个北京姑娘，并没有什么报效科学的决心，她很随意地报了这所学校，还是跟高中时代一样好整以暇地上课，去图书馆看看书。

在这个"浮躁"的校园里，这个"安贫乐道"的姑娘吸引了他的注意，而这个斯文白净的男孩，也当然看在这个姑娘的眼里。

简杰长相不坏，虽然并不高大，但五官精致，四川盆地的水汽把他滋养得白白净净，他头发天生自来卷，多年读书，给人温润如玉的气质，在女生少的飞行器设计专业还不觉得有什么，一转到财务管理系，立即有好事的女生把他评为系草，追他的女生也不少，把他叫李云迪的大有人在。不过简杰并没有多大兴趣，腼腆的性格也阻碍了他的爱情。

但顾倩不一样，在图书馆里，他偷偷瞄过她的侧影，也是一个秋天，阳光透过窗外的银杏树落在她脸上，把她的影子投在桌子上，简杰觉得那个下午浑身舒服透了，他坐在那里，用胳膊肘小心翼翼地触碰顾倩的影子，他感到自己的心怦怦直跳。

简杰恋爱了，在一次又一次图书馆的"偶遇"之后，他终于鼓起勇气要找顾倩说话的时候，还是顾倩先开口借笔，于是金童遇到玉女，王子碰到公主，两个很登对的年轻人就顺理成章地在一起了。

谁追谁这个梗成了他们之间永恒的话题，有时间总要拿这个甜蜜的事调戏一下对方。两个人照样一起看书，一起去北京面馆吃面，那时候开始，简杰爱上了北京的炸酱面，两人形影不离，但有一样，顾倩一直不让简杰去她家。

有了顾倩，简杰的人生规划更加明晰了——留在北京。大三的时候，简杰就跟一家大国企签了合同，干脆大四就过去上班了，反正上课是可以糊弄过去的，简杰抓住这个可遇不可求的机会，奋斗了一年。

一年之后，顾倩毕业，去了一家企业的人力资源部。丑媳妇也得见公婆，再穷的姑爷也得见丈母娘，去顾倩家的时候，简杰才知道顾倩为什么不让他去她家，那大概是北京女孩最后的尊严所在。

简杰第一次对北京的胡同有了概念，也知道这座城市并不都是时尚白领。顾倩是小门小户的闺女，尽管丈母娘说自己这个房拆了值多少多少套房，但北京市政府都小心翼翼地避开了她们家，宁愿发展望京都不发展这里。

对于丈母娘旁敲侧击提出的买房要求，简杰一口答应了下来。

很快，表现优异的简杰得到了一个公司派驻国外的机会，简杰毅然决然地去了国外，一去就是三年，三年，两个人只能通过电话和每年的休假触摸对方，那时候，顾倩跟他说，真的感觉跟牛郎织女差不多。

牛郎织女的日子遥遥无期，简杰和顾倩可不是。

第三年，简杰除了攒出了一套房的首付，还顺利地升了职。

这样的女婿没有丈母娘不爱的，能干，精明，还好看，简杰那时候成了丈母娘的宠儿，言必称女婿如何如何。

简杰闭上眼睛，陶醉地回忆起那个时候，那真是北京最好的时代，房价虽然不低，但并没有涨到离谱的程度。所有人都怀揣着梦想，只要努力肯干，成为新北京人并不是遥不可及的梦想。

三年的小别，让简杰和顾倩感情更是如胶似漆，每天下班以后，顾倩给他做炸酱面，简杰为她打下手，小日子过得甚是温馨，丈母娘也趁机把要孩子提上了日程。

那时候的小两口都没有这个想法，还是过着自己的小日子，丈母娘除了平时嘟囔几句，看两人出双入对，连脸都没红过，也觉得没什么好挑剔的，渐渐也就不说了。

这样幸福的时光持续了两年多。

简杰没有想到，这就是自己最后的幸福回忆了。升职以后，简杰的心思也渐渐活动了，简杰的职位在他看来未来几年大概都不会有变动了，看到同学好多出国留学的，他也有了想法，去美国读个硕士，想办法留美，将来再把顾倩带出去，将来孩子都是美国户口。

他把想法跟顾倩说了，顾倩举双手赞成，在她眼中，这时候的老公简直无所不能，只要他做就一定能成。简杰一边工作一边学习，真的申请到了美国留学的机会，读统计学硕士，他找单位办了停薪留职。

他想过了，两年的时间，足够拿到学位，找到工作。也是赶得巧，顾倩正好被公司派驻上海的分公司，也是个加薪升职的机会，对于收入马上要靠存款和顾倩收入的小两口来说，这绝对是喜事，顾倩想都没想就答应了。

当时正是北京房价的一个高峰，他们两人一合计，反正房子空着也是空着，干脆趁着高价卖出去吧。将来两口子一起去美国，要这房子也没用。

房子一挂出去，马上就卖出去了，还了房贷，净赚八十多万。简杰觉得这步棋很漂亮。

简杰没想到，这个错误的决定是噩梦的开始。他读书的两年，眼看着美国移民政策一点点收紧，毕业以后，竟然找不到在美国工作的机会。

幸好，他当初办的是停薪留职，好歹还有个落脚的地方，可是这几年老单位效益一般，工资没有涨多少，更郁闷的是，当年他手底下的实习生，都跟他平起平坐了，对他的称呼也从简哥变成了老简。

虚名也就罢了，更要命的是房价，整整涨了将近一倍，原来两个人卖房的钱，已经花去不少，现在勉强能付个首付，合着两个人又一夜回到了解放前，正好顾倩还在上海，简杰也在公司待得不舒心，就申请去了上海的分公司。

两人暂时没有在北京买房，在上海也是租房住。一步错步步错，这一租不要紧，京沪两市的房价又是一波大涨。

从那以后，两人的收入再也没追上过房价，等两人回京以后，眼看着存款连首付都付不起，开始还不愿意选择郊县，后来连郊县的房价都追不上了，两人连房奴的资格都没有了。

顾倩一个北京姑娘，在结婚六年以后，反倒是跟他过上了租房的日子。简杰这个本来是香饽饽的姑爷在丈母娘眼里也迅速贬值，本来当初丈母娘就不同意简杰去美国留学，但老太太也只是出于想抱外孙子的淳朴目的，但现在就成了老人家的先见之明，逢见面必说。

顾倩倒是安慰他，房子没了再买，总会有的，不过两人眼看年纪大了，房子没有，孩子也遥遥无期，心里有个买房的念头在，都是拼了命地工作，往日里妻唱夫随，一起做炸酱面的好时光再也没有了。

简杰知道自己的毛病，他也知道根在哪儿，但是他控制不了自己。简杰感觉自己让房价折磨得精气神没了，他没有了当初那么多的想法，这次的决策失败也让他不敢再去拼了，他怕了，他怕自己再拼一把，真的什么都没了。

他只能咬牙切齿地发狠。前段时间，他的大学同学老吴回国，老吴当初是从飞行器转到计算机系的，后来又到美国留学，又在美国当了多年程序员，他在美国期间也跟老吴一直联系不断。

这次老吴回来，是准备创业的，要拉他一起，他有心试试，一直拿不定主意，犹犹豫豫不敢答应。

简杰知道，都是房子闹的，天杀的房子，让自己厌了。

"对不起，老婆，是我的错。"简杰知道，是自己的问题，自己让这该死的房价弄得神经兮兮的。

"老公，其实我喜欢你，不在乎你有没有房，你知道我当初喜欢你什么吗？"

"帅？"简杰挤出了一点仅存的幽默感。

"帅也是很帅了。"顾倩给他整整衣领，摸着简杰卷曲的头发，"我最喜欢你的还是你的勇气，那时候去非洲，你说去就去，说买房就买房，那时候我简直是崇拜你。"

"老公，我只希望你还是原来的你。"

"回不去了，倩倩。"简杰苦笑一声，"现在我连个安稳的地方都不能给你。"

"有件东西给你看。"顾倩翻捡着自己的手包，拿出两页纸。

简杰的神经一下子紧绷起来，不会真的是离婚协议吧，他觉得一下子世界都塌了。

"老公，对不起，我擅自做了这个决定。"顾倩小声地说着，简杰心里都在冷笑。

"我怀孕了，有三个月了，我想把孩子留下来。"顾倩的头低下去，声音细不可闻。

"什么？"简杰没想到是这个消息，他从来没想过要孩子的事。

"老公，我都快三十了，我想要个孩子，虽然现在，我知道不是时候，但我不想打掉他。"

简杰的眼睛一下子亮了起来，抓住了顾倩的手，把她吓了一跳："倩，我刚答应了一个同学，准备辞职去创业，你说得对，我还年轻，我那时候能在北京奋斗出一套房，现在也能为你和宝宝赚出来。"

顾倩愣了一下，半晌才回过神来，一下子抱住了他："老公，你又回来了，走，我回去煮面给你吃。"

ROASTED MATSUTAKE

/

烤松茸

—
这里的人，
只对一件事感兴趣，饭局，谈的都是吃。

高阳常常想，如果自己不是二十年前辞去建筑设计师的工作，来丽江开民宿，也许就开得起那辆保时捷了。

　　现在是清晨八点钟，对于丽江而言，除非是有刚到的旅行团，不然照例是最清冷的时候，一夜的喧闹之后，剩下的是寂寞。

　　但唯有这时，才有点丽江熟悉的味道，只有这时候，高阳才觉得，自己抛下建筑师的工作和大好前途，来到这地方寻找诗与远方，有了那么一点点意义。

　　十几年前，在高阳还叫高扬的时候，在丽江作为约会圣地的名声还没有炒热起来之前，丽江还只是老外驴友钟爱的野景，丽江古城还不叫丽江古城，而是叫大研的时候，四方街也还没有成为丽江三里屯的时候，既没有炮火隆隆的民宿，也没有偶尔邂逅的酒托，更没有一脸沧桑讲述爱情故事的忧郁故事男，他是真的喜欢上了这里，光是看着这里的云也足够让人想哭想大笑一场，高阳脑子一热，辞了工作，带着攒的钱跑到这里开起了民宿。

　　平心而论，高阳是赚过几年钱的。

　　那时候的丽江，没有游客接待能力，没有酒店，这是一块真的蓝海。当地的居民和纳西族也是真的淳朴善良见世面少。

　　可十几年过去了，连纳西族最没本事的老男人都学会打着赤膊，用一口半流利不流利的京片子跟姑娘讲故事互加陌陌，有头脑的本地纳西人早就把房租一涨再涨,开着保时捷去昆明去大理打理产业,荷尔蒙过剩之时,来丽江收割一拨租子和一大拨姑娘,留下一句"房租该涨了",挥一挥衣袖,不留下一丝云彩。

当然,外地租房的小民宿酒吧老板们是不敢跟纳西大哥呛刺的,否则会让你见识一下民族保护政策的威力。

这十年,赚到的早就赚到了,没赚到的也不过是给房东打工。高阳有时候想,给纳西大哥打工,跟在写字楼里上班给老板打工有什么区别?大概唯一的区别是,在北京给老板打工,老板素质高一点,不会跟你随便动手撸袖子。

高阳恨透了丽江。

丽江简直是全中国懒汉的大本营。丽江的小文艺青年照例在等待约会的憧憬和失落中疲乏了身躯,或者在被微信陌陌上期待的一场艳遇中被酒托饭托带到酒吧消费后,捂着钱包故作潇洒还要跟朋友吹嘘自己邂逅了一场爱情。

这个荷尔蒙过剩的地方到处都是慵懒的套路,好像全中国全世界的懒汉都到这里集合了,男文艺青年们一水的背包做风尘仆仆状,女文艺青年们一水的波西米亚长裙,约会就靠讲故事,故事里大约都包括进藏、诗与远方,连最单纯的姑娘都露出敷衍的脸色,讲故事的主角还兀自说个不休,突出一个有故事。

街上的店里一水地放小倩的歌《一瞬间》,后来小倩出了《小宝贝》,又是一水的《小宝贝》,以前放的都是侃侃的《滴答》。

每个店门口都坐着一个白皙漂亮的姑娘,穿着不知道哪个民族的花里胡哨的服装打着完全不在节奏上的非洲手鼓卖产自浙江义乌来自阿里巴巴的非洲手鼓，人人都有原创 CD，明里暗里告诉你，这就是下一个爆红的小倩，买了她没红以前的限量 CD 你就偷着乐吧，不打鼓的都是不修边幅怀才不遇的设计师，店里的都是世上独一无二的艺术珍品，总之突出一怀才不遇、突出一品味不同流俗，所以要你千儿八百根本不是事儿。

大街上，连猖獗的丽江小偷都十分没创意，不是偷手机就是割钱包，这里没有穷则思变，这里有的只是混日子，打手鼓的姑娘是混日子，留长头发的设计师是混日子，连割皮包的小偷都在混日子，敷衍了事地意思一下就行了，但是所有人又都梦想着一夜暴发，坊间流传最广的都是业界传奇，谁谁一下子爆火，谁谁逮到个阔绰的老板，想必连小偷界也流传着一夜暴富的神话。

这里的人，只对一件事感兴趣，饭局，谈的都是吃。

高阳实在想不通，他怎么就跟这么一帮子人混在一起了。高阳并不排斥吃，相反，现在的高阳，是个彻头彻尾的丽江人，比丽江人还要丽江人。

他宰起文艺青年来一样不含糊，民宿该有的套路他一样有，他不同情他们，他们有情怀，高阳有刀，不宰白不宰，何况，不宰他们，谁来付纳西房东的房租？

高阳知道，他其实已经被丽江同化了，丽江是一种慢性病，沾上了你就甩不脱，他不喜欢丽江，但他离不开，他试着想回北京，但根本适应不了那种节奏。

这大概是所有在丽江的人来了就不走的原因，高阳不知道自己为什么非要留在丽江，想来想去，松茸大概算是他的一个理由。

这个时节，是云南松茸最好的季节，肥美的松茸采来洗净，几乎可以搭配一切，一般的做法是做汤，上好的高汤加松茸煮成亮褐色的菌汤，几里地外都能闻到香气，讲究点的与牛排同煎，别有风味。

但高阳最喜欢的，是稍微有点粗犷的烤松茸。鲜美的松茸简单切片，薄薄地刷一点油，搓一点盐巴上烤箱或者烤架慢慢地烤。不同于做汤和煎牛排，松茸的滋味完美地留在体内，烤出来的松茸条肥美甘甜，鲜香多汁。

大概也正是因着松茸的缘故，高阳才觉得丽江的生活没有那么糟糕，他请过去的朋友吃松茸，朋友直呼舌头都快掉了，让他赚足了优越感。

“老高，你过的是神仙的日子。”虽是客套话，但这还是能让高阳暂时忘记丽江的烦心事，不然他真的放下一切回北京陪女儿了。

除了松茸，女儿高蕊是高阳的另一块心头肉，女儿现在十九岁了，刚上大学，眉眼随她妈，个头随高阳，一笑露出个小虎牙，看着女儿的照片，吃着松茸，高阳的心里暖化了。

高阳是对女儿有愧疚心理的，当初一时冲动来了丽江做民宿，女儿才四岁，一向是聚少离多，所以妻子李妍在北京的时候，每次高阳回北京，都是依着女儿的，女儿一噘嘴一皱眉，想要的东西自然老爸就送上来了，女儿也是摸准了他的脾性。

但凡李妍不给买的，女儿就惦记上了，拧着小脖子说，我等我爸回来给我买，气得李妍没办法。等爸爸一回北京，准能如愿。李妍那时候总是打电话抱怨，高阳一回来，女儿就不好管了。

后来，李妍就不再打电话了，她一个人去了日本，跟高阳离了婚，高阳完全能够理解她的想法，异地恋爱都没办法维持，何况是异地婚姻呢？

那时候的高阳，并没有觉得脱离了婚姻的束缚有什么不好，反而还觉得一下子自由了，把高蕊交给了他老妈又去了丽江。

高阳觉得自己不应该被束缚住，但在面对女儿时，他的愧疚还是难免的。人在年轻的时候是不懂很多东西的，那时候的高阳，想的是孤身闯天涯，想的是不辜负一生。

那时候的他太能折腾了，骑过滇藏线，去过亚丁，到过拉萨，组过乐队，他觉得那才是真正的生活，但只有在回到北京，面对高蕊单纯的小脸的时候，高阳才会有疑问，自己选择这样的生活到底对不对？

生活永远不会给你明确的答案，年轻的时候，高阳觉得活出自我，做个理想主义的浪子胜过一切，现在的高阳，肚腩已经悄悄隆起，他也看透了他混迹那个圈子的文艺和伪文艺青年，也同样不过是一群换了种活法的欲望动物，高阳走来走去，还是没逃出这帮大俗人。

这种想法未免让他觉得有点丧气，也让他从骨子里讨厌这些来丽江的游客，讨厌丽江的一切，高阳庆幸自己当初没有真的一意孤行，把在北京的房子卖掉，否则他跟高蕊真的无处可归。

高阳的懒怠是方方面面的，上进的时候，高阳的客栈几乎没几年就要换一个风格，客栈的书店是高阳的最爱，几乎定期要更新一批书籍，现在嘛，能省则省，各方面能糊弄的就暂时糊弄着，不满意的旅客提出来，高阳也学会了死猪不怕开水烫似的回答：这就是丽江style。把游客噎得说不出话来。

反正是混嘛，那么认真干吗？在这里再混几年，攒点钱，高阳也该去尽一下父亲的责任了。高蕊漂亮，现在已经是亭亭玉立的大姑娘了，没费他什么心，直接上了北京的一所名牌大学，再不是拖着鼻涕追着高阳要玩具的小丫头片子，这样的姑娘，在谁家里都是当宝贝的，看到高蕊，高阳就觉得，命运对自己还不算不公，虽然自己瞎折腾了这么久，上苍还是眷顾了他，给他这么一个漂亮聪明的女儿，有这么一个女儿，高阳觉得这辈子就算值了。

高蕊决定暑假的时候过来丽江玩一下，这对高阳来说，算是头等大事。半个月前他就开始给闺女准备屋子。夏天也是丽江旅游的旺季，但高蕊的房间是绝对不会租出去的，那可是高阳唯一的女儿。

高蕊是一周后来到丽江的，当她穿着露脐短衫、牛仔裤来到高阳的"有间客栈"的时候，惊艳了一客栈的眼球，高蕊就像当天的太阳一样炽热，青春逼人，自然不会有人放弃撩妹子的机会。但马上就让高阳挨个卷回去了，这些人想不通，这个连收钱都懒得跟他们多说一个字的客栈老板哪来的精神。

高蕊对于丽江的一切都是好奇的，她早耳闻了很多丽江的故事，高阳拍的那些照片，说的那些事，早都勾起了高蕊的兴趣，她并不排斥那些哥哥、大叔的搭讪示好，但在高阳看来，那都是赤裸裸的挑衅，是太岁头上动土，必须严防死守。

高阳忽然意识到一个问题，高蕊长大了，在她没来到丽江之前，尽管他已经开始考虑闺女的婚事，他也从来没有意识到一个问题，他女儿高蕊是无数男人追求的目标。在狼多肉少的丽江，高阳才认识到问题的严重性，于是赶紧三令五申地向高蕊灌输丽江约会的可怕。

但无论是旁敲侧击还是响鼓重锤，十九岁的小姑娘是不信的。

当高阳祭出撒手锏，提出要全程陪玩，父女同游丽江，弥补十几年父爱缺失的时候，高蕊理所当然噘起了小嘴，开什么国际玩笑，虽然跟其他同学吹过牛，自己有个在丽江开民宿的老爸，那也只是为了小小满足一下虚荣心，说明老高家的卓尔不群。

但高蕊可不是想把假期用在陪高阳身上，所以严词拒绝了老爸的无理要求。

对于女儿，高阳始终是没办法的。女儿最终一个人去玩了一把丽江，回来的时候，胳膊上挎了一个男人，确切地说，是一个男画家，回来以后的高蕊说不上大学了，要跟画家学画，先去追求诗和远方，过几年再读书。

那男的长得倒是斯斯文文，称得上英俊，可一想到是个画家，高阳就一阵阵眩晕。

高阳压抑住自己的冲动没有去找纳西房东要猎枪，晚上，父女俩终于爆发了一场争吵。

"你不是来丽江玩来了？怎么找了个男人？"

"那不是男人，那是男朋友。别说那么难听。"

"你找男友我不管，你大学那么多男生，我没拦过你吧，你找个画家有什么用？我告诉你，丽江什么都缺，就是不缺画家。你去外面看看，你扔块砖头下去，至少能砸死七八个画家。"

"他不一样，特有才。爸我跟你说……"

"行了吧，这破地方个个都有才，个个都怀才不遇，可其实他妈的个个都是穷鬼，除了吹牛什么都不会。"

"您不也是吗？"女儿的一句话差点没让高阳背过气去。

这话高阳真没办法接，还真让高蕊挤对住了，十几年下来，高阳还真是这号人。

但事关女儿终身，高阳不能不说话："是，你说得没错，你爸就是这样的人，所以你妈走了，你妈当初选择我，就是她的悲剧。我当初来这里，从根儿上就错了。"

高蕊这才知道那句话说重了。"爸，其实我觉得您挺酷的。"高蕊拉住了父亲的手，"不是所有人都得在北京拼，您做一辈子浪子也挺好。"

"那你书怎么办？不念了？"

"先休学一年，去流浪，明年再说。"高蕊耸耸肩膀。

"浪吧，都他妈的浪吧。"

高蕊终于还是跟画家走了，她走的第三天，房东来谈涨房租，没见到高阳，房东纳闷了，还差半年房租，高阳能上哪儿去？

客栈的工人说，老板是骑着自行车走的，有的说，老板是骑着去滇藏线了。有的说，老板骑着车回北京了，走的头一天晚上，老板烤了一大盘松茸。房东进了高阳的屋子，一大盘松茸都在，一片也没动。

ROASTED GOOSE WITH PLUM SAUCE

梅子酱烧鹅

—
"无非就是一点面子的事。"
"人活着就是为面子。"

梅子每次去阳台晾衣服的时候，都会不由自主地朝右上方看一下，那里一直是一袭宝蓝色的窗帘，无论阴晴雨雪，都裹得严严实实的。

　　那里是梅子心里的一根刺，每次看到它，她都能感觉到自己心里在一点点被刺破，然而她还是忍不住会看。

　　梅子不知道自己想看到什么，也许她心里还有希望，希望有一天，那幅窗帘忽然打开，苗子就靠在那里，笑盈盈地说："梅子上来啊，我做了几个小菜，你来尝尝。"

　　她摇摇头，她知道不会的，她和苗子有时候会坐一个电梯，两人没有说过一次话，好像已经完全成了仇人一般。

　　然而，窗帘就像是一堵墙，堵在那里，压得梅子喘不过气来。一年以前，苗子第一次来梅子新家的时候，她就看上了这个阳台，她很兴奋地说，我要买个这样的房子，我要搬来跟你住在一起。她就在梅子的阳台上，规划着，要把阳台改成一个阳光咖啡间。摆上咖啡桌，只放两个懒人沙发，她和梅子一人一个，两个人就在阳台上，在阳光里喝喝咖啡，说说两个人的悄悄话，一直到她们儿孙满堂，老到动都动不了。

　　那样时间一定会过得很快。梅子想，她被苗子的梦想感动了。苗子果然就真的买了梅子楼上的房子，苗子就是这样，敢想敢做，想要的东西就不管不顾一定要弄到。

梅子把这个梦想也当成了自己的梦想，苗子家装修的时候，她甚至比自己装修还要上心，一直出勤很好的她甚至丢下工作，一遍遍地跑装修市场，盯着装修。

而如今呢，那个咖啡间真的装好了，7栋1402，那是苗子的房子，却永远对梅子关闭了。

也许她们都错了，人跟人之间，一定要有些距离，再好的姐妹，太近了总会刺伤对方。

苗子是她最好的朋友，好了将近三十年的闺密，她从来没想过，有一天会跟苗子闹掰，但这一切就这么发生了。

第一次对苗子有印象，是在梅子八岁的时候，尽管那时候她们已经在一个班上念了两年书，但梅子跟苗子认识，还是在她们上学两年以后。

梅子是一个很安静的孩子，母亲是一个重点中学的高级教师，一门心思扑到她一茬儿又一茬儿的学生身上。提起她的妈妈罗老师，所有的人都肃然起敬。在她们这个城市，罗老师是人人景仰的名师，桃李满天下，因材施教，在教育战线默默耕耘，为国家和人民培养了一批又一批的人才，为人师表，堪称楷模。

但在梅子眼里，妈妈对她而言仿佛一个陌生人，她甚至没有叫过她妈妈，只是跟着别人叫"罗老师"。

罗老师对她没有任何耐心，梅子做任何事都要一次做到最好，如果不是，等待她的，就是罗老师眼镜片后严厉的目光和尽可能恶毒的呵骂。

由于罗老师的有名，梅子就一直在她的阴影下成长，梅子并没有任何教师子女的特权，相反，任何一个老师都可以警告梅子："好好表现，不然告诉你妈。"这是梅子的紧箍咒，紧得她走路都要贴着墙根走，生怕触犯任何天条。

所以当那天二年级三班的梅子在操场上晕倒，在十点钟的阳光里，一头栽向地面的时候，她脑海里的第一个念头不是"救命"，而是"完了，弄脏了衣服罗老师要骂的"。

不知道是过于害怕，还是终于可以休息一下了，梅子第一次脱离了罗老师的规范，惬意地晕倒在罗家湖小学的水泥路面上，不顾吓哭的同学和惊呼的女老师，也不去想罗老师的眼镜片，就想这么永远地躺下去。

直到一个温暖的声音把她唤醒："你是不是饿了？"那个声音就是苗子，梅子睁开眼的时候，看见一个女孩甜甜地笑着，阳光洒在她的头顶。这让梅子长久一直产生一种错觉，在她漫长的童年里，苗子和天使的形象一直是重合的。

梅子腼腆地点点头，一个凉飕飕的带着香气的圆柱体就塞到了她的嘴里，梅子下意识地舔了舔，舌底泛起细流，几乎让她晕过去。

那是梅子第一次吃到梅子干，罗老师是不容许吃零食的。她听到那个女孩淡定地说："你是血糖低，吃块糖缓缓就好了。你是不是早起没吃饭？"

梅子低下了头，她不能告诉别人，罗老师是从来不会给她做早饭的，如果有昨天的剩饭，她就对付一顿，如果没有，她就要挨饿了。

苗子就把她拉起来，把她从阴影里一下子拉到阳光里。梅子就乖乖地跟这个比她矮一头的女孩回教室，分享她的零食。梅子第一次知道，原来书包不止是装书的地方，还可以放很多零食。

从那天起，梅子认识了苗子，当然，大概除了梅子，所有二年级三班的都认识并喜欢苗子。苗子是班里的太阳，所有的男生女生和老师都喜欢她，她长得像是个大号的洋娃娃。

苗子的爸爸是交通局的干部，妈妈是工人医院的医生，每天把她收拾得干干净净，穿着漂亮的裙子，每天头发上绑着蝴蝶结，在合唱的时候她是指挥，在六一节目的时候她是领舞，在其他孩子还五音不全的时候，她已经过了钢琴十级。

苗子的性格也很好，永远带着浅浅的笑。所有人都喜欢跟苗子玩。

"梅子，这是我新买的皮筋。""梅子，这是我新买的毽子。"她是太阳，她带着俯视众生的微笑，照到哪里哪里就是亮的。梅子怀疑自己以前是不是瞎子，居然躲在角落里，没有被苗子照耀到。

苗子有很多好朋友，但梅子是特殊的一个，也许因为她一无所有，苗子不用刻意对她好，梅子已经很满足了。

梅子被苗子带到她家玩，她才第一次知道世界上居然有漫画，有动画片，她的漫长的童年开始有了一点彩色。

对梅子来说，苗子是她学生时代的朋友，唯一的朋友。

为了这个朋友，她可以用自己的一切来换。甚至来自己家玩。

在苗子的恳求下，梅子趁罗老师不在家，把苗子带回家里玩。

梅子家里没有电视机，没有任何娱乐设备，罗老师不需要，自然认为梅子也不需要。甚至也没有多少书，梅子才发现带苗子回来是个错误，她很怕苗子发现自己是个无聊的人以后再也不跟她做朋友。

苗子很宽容地拍拍她的肩膀："下次去我家玩吧。"

没有等梅子回答，门开了，梅子像被马蜂蜇了一下，倏地跳到苗子前面，把苗子藏在身后，像是母兽护住一个小兽一样。

是罗老师，她回来取一个教案。苗子的手被梅子紧紧攥着，她能感觉到梅子在颤抖，但她目光坚定，扣着她的手不放开。

罗老师走向她们，却一改对梅子的冷漠态度，以她优秀教师的职业精神热情地招呼苗子，连对梅子的态度都热情起来。

苗子这才感觉手松开了，她抬起来看，上面有五个红印。罗老师走后，梅子瘫软在苗子怀里，说："苗子你真好。"

梅子和苗子一起长大，一起看爱情小说，一起看《流星花园》，一起讨论道明寺和花泽类应该选谁，一起经历初潮的困惑。

梅子没有想过，没有苗子，自己的生活会变成什么样，幸好苗子一直都在，直到上了高中。

苗子恋爱了，跟一个邻班的又高又瘦的帅哥，在学校元旦晚会上，苗子弹钢琴，那个男生就站着拉手风琴，迷倒了很多女生。

梅子发了疯地阻止苗子，想尽办法让他们分手。

"苗子，你不要早恋，这会耽误学业，你还想不想考大学？"梅子严肃地问苗子。

"哈哈，梅子，你的样子像是班主任。"

"我不是开玩笑。"

"哈哈，现在哪有什么早恋，你不是也看过小说吗？贾宝玉和林黛玉十二岁就谈恋爱了，我们这个年纪，都该有孩子了。"

梅子抓住她的手："你不会跟他那个了吧。"

苗子敲了一下梅子的脑门："你都在想什么？"

梅子抱住苗子:"你离开他吧。听说他很花心的,那么多女生喜欢他。"

"宋宋人很好的。"苗子笑了,"我知道了,你是不是也喜欢他?"

"不行的,梅子,宋宋只有一个,如果有两个,我一定会给你一个,真的。"苗子叹了一口气,眼睛像是一潭幽深的湖水。

梅子无语,她想说,我不要什么狗屁宋宋,我只要你。

高考前不久,一个晚上,梅子家的客厅忽然来了一个电话,是苗子,不说话,就是哭,抽搭。梅子的心像被揪住了,比她自己还紧张。

在苗子混乱的诉说里,梅子听清了事实,她被那个叫宋宋的男孩甩了,梅子又是心疼,又仿佛如释重负。

"不怕,苗子,有我呢,你安心复习就好了,不要理他。"

"你不知道,梅子,你不知道,我跟他那个了。"苗子在那头哇地一下子大哭起来。

梅子懵了。

"我会不会怀孕啊?"

"你放心,不会的。"梅子不知道怎么安慰她,只能反复告诉她,不会怀孕的。

挂了电话,梅子翻遍了所有生理课本,越翻心里越凉。那个年代是没有网络的,对于这个年纪的少女来说,要到哪里去找那些生理知识呢?

梅子抱着一本电话簿,拨通了黄页上的一个个深夜咨询电话:"怎么判断自己有没有怀孕?""女性安全期指的是什么?""意外怀孕怎么办?"

梅子紧张地抱着电话,小心地拨打一个个号码,逐一对照苗子断断续续述说的情况。直到窗外泛白，梅子才光着脚偷偷溜回自己的卧室。

在苗子羞红着脸把她和宋宋开房的时间、地点，甚至用的姿势告诉她之后，梅子以一个专家的口吻告诉她，只要下个月正常来潮，就没有事。

两个女孩就一天天掰着手指头算着日子，到了最后几天，苗子几乎崩溃了，她偷偷地抱着梅子的脖子哭："梅子，怎么办，我会不会死？"

梅子告诉她："不会的，一切有我。"

苗子正常来月经的日子，梅子没有等来她的好消息，等来的是罗老师的一顿毒打。那些深夜的咨询电话太过昂贵了，梅子家的电话凭空多出了几百块钱，罗老师疑惑之下，跑到电信公司去查了记录。

从电信公司出来的时候，为人师表的罗老师几乎一头冲进汹涌的车流，她认定女儿不学好，与人偷吃了禁果，她疯狂地把败坏了她一生清誉的梅子毒打了一顿。

梅子紧咬着嘴唇，任凭罗老师用尽招数逼问，也没有告诉她真相。

梅子发了高烧，住进了医院，连着打了几天吊针，才缓了过来。一个有着阳光的早上，苗子偷偷来看她，梅子正在睡觉。苗子凑近她耳朵，说："梅子，我这个月那个来了。"

梅子一把掀掉被子，两个姑娘像疯了一样在病床上狂跳，直到愤怒的护士冲进来把苗子赶走。

"梅子，你好好的，我们好一辈子。"

梅子没有说话，她想起那个苗子把她拉起来的早上，她在心里说，一定。

高考过后，梅子考上了大学，填志愿的时候，她毫不犹豫地选择了一个离家一千多公里的南方学校。

她想离开家乡，永远离开罗老师。唯一让她遗憾的是，苗子落榜了。

梅子想让苗子再补考一年，但苗子家里已经托关系让她进了教育局，苗子不想上学了。

梅子在广州，很少跟罗老师联系，偶尔通一次电话，也都是千篇一律的对话：

"吃了吗？"

"吃了。"

"今年回来吗？"

"不回。"

"挂了。"

"嗯。"

梅子几乎不主动跟罗老师打电话，她兼了两份职，上学不用她一分钱。但只要一有时间，她就会跟苗子通电话，两个生活轨迹完全不同的人，经常一聊就到深夜，室友一直以为梅子有个异地恋的男友。

苗子跟她说工作中那些钩心斗角的琐事，她讨厌自己的工作。梅子跟苗子谈她的规划，她不准备回去了。

"苗子，要不你还是来广州吧，等我毕业了咱们一起工作。"

苗子真的来了一趟广州，那时候还没有高铁，要坐两天一夜的火车，一看梅子的样子，苗子就哭了。梅子已经瘦得形销骨立，高挑的身子支棱着衣服，苗子带着她就奔了一家餐厅。

"梅子，有什么想吃的就点，以后花钱就跟我说。"

梅子要了梅子酱烧鹅，她很早就想吃这个。烧鹅的皮脆脆的，香香的，放到嘴里一下子就化了，蘸上梅子酱，梅子好像又回到了小学时候的早操时间，苗子把她扶起来，说"是低血糖"。那是梅子最幸福的时刻。

苗子真是她的救星，每当梅子到快要撑不住的时候，她就会出现。

临走的时候，苗子除了路费，剩下的钱都留给了梅子。

苗子回去以后结了婚，虽然还是每年来看梅子，但再也不提来广州的事了，反而劝梅子回去。

"来吧，梅子，回来吧，回来我给你做好吃的，那个梅子酱烧鹅我也学会了，做给你吃。"

梅子舍不得苗子，终于被她说动了，回家考上了老师，跟她妈妈一样成了一个中学老师，不过不在一个学校。

梅子在家乡，按部就班地工作，结婚，她的老公是个跟她一样的教师，一个腼腆的青年，家境并不宽裕，两人结婚的时候还是住在一套老平房里。梅子觉得自己之所以选他，大概是因为第一次上他家，一家子团团围坐在一张桌子旁吃饭，让她觉得很温暖。

罗老师已经老了，四年不见女儿，脾性早都磨平了，一改以前的冷漠，对梅子像换了一个人。她以为女儿是受她影响，选择了跟自己一样的事业，所以事事顺着梅子，讨梅子欢心，但母女俩毕竟多年的隔阂，始终是隔了一层。

罗老师知道自己有错，只能想法在女儿的发展上帮帮忙。在教育界这几年影响力不是白给的，几年下来，梅子眼看着快评上高级职称，在年轻教师中，已经是佼佼者了。

苗子倒是有点闹心，她在区教育局这几年，占着一个事业编制，但一没学历，二不是公务员身份，评职称因为不在一线授课，局里又人员老化，很多人还在排队等职称。提拔没她的事，干活都是她的，年轻时候的锐气过了以后，怎么看怎么闹心，终于最后用了父亲的余热，调到了梅子的学校，挂个应名的副校长。

副校长不副校长的，苗子倒不在意，她的想法很简单，能把自己的中级职称换成高级，自此不用看这些头头脑脑的脸色下菜碟，安安心心地等退休，也就够了。

姐妹相聚，自然是高兴的，梅子把苗子介绍给所有相熟的同事，苗子才发现，自己在机关浸淫多年，居然连一个知心朋友都没有，学校的那些朋友都长大了，渐渐没了来往。

这么多年，就剩下一个梅子了。

这么多年，能保持的友谊本就不多见，苗子和梅子都是加了倍地对对方好。于是，一次在拜访梅子新家之后，苗子决定了，也在她家楼上买一套房。

苗子当时住在教育局的家属院，因为都是教师和局里的员工，很多人事关系带到小区里，邻里关系特别复杂，物业又是看人下菜碟的主儿，有次她的车被剐蹭了，物业就是不给她看录像，反而让她找局里办公室主任批条，气得苗子当时就火冒三丈，跟物业吵了一架，结果反而被告到单位，苗子倒挨了一顿批评。

苗子憋了一口气想换房，正好梅子入住新房，苗子果断地拿了她楼上的那套房。这下梅子有的忙了，苗子是被一路呵护长大的，十指不沾阳春水的主儿，当年在家里被父母宠着，在学校被老师宠着，买第一套房的时候，是婆婆家里装修好的，但这一套房，苗子打定主意了要自己装。

她是一窍不通，只好问梅子这个闺密加近邻。梅子责无旁贷，正好刚装修过，梅子是个仔细人，为了装修她没少研究装修攻略，建材装饰市场和淘宝商家让她摸得门儿清。

于是梅子就大包大揽地承担下了这个任务，仔细地做了几个经济实惠的方案，比自己装修还上心，最后选了她认为最好的方案给苗子，结果苗子倒好，地板砖也摇头，厨卫也摇头了，几乎梅子选的材料都给否了。

梅子没想到好得跟一个人似的姐妹审美有这么大差距，正当梅子快要崩溃的时候，苗子忽然兴奋地拿出来她自己选的一套窗帘说，我想要这一套。

梅子心里承认，苗子的审美是不错的，那套窗帘确实好看，但作为朋友她不得不提醒苗子："装修是个系统工程，你用了这个窗帘，整个装修档次就上去了，费用可也是打着滚儿地往上翻。"

梅子平心静气地劝苗子："我建议你选个中档的，毕竟刚买了房，家里还得有个资金，总不能都投入到房子上吧，还房贷，还有小孩的教育都需要花钱。"

"这套房是婆婆和我妈赞助我的，没有贷款。"苗子轻飘飘的一句话，把梅子噎了个半死。梅子的自尊心被击得粉碎。她还以为苗子跟她一样，也是苦哈哈攒了十来年的钱，终于凑出一个首付，原来人家一直是小公主，是被宠爱的那一个。

晚上睡觉的时候，梅子跟丈夫说："人比人真是气死人，苗子眼睛不眨就买一套房，就这还有不满，她要不说，我还觉得自己过得不错。"老公闭着眼，装睡着了，没敢接这个茬儿。

梅子的心态有点失衡了，她忽然觉得，自己跟苗子相比，就是生活的配角，就像梅子酱烧鹅里的梅子酱，虽然不可或缺，但主菜还是烧鹅。

苗子倒是一如既往地找梅子出谋划策，她正沉浸在离开自己小区构建新巢的兴奋中，选了一样就把图样拿来给梅子看看，梅子暗暗看了，都是令她咋舌的价格。

梅子的心像堵了块石头，但苗子毕竟是苗子，看着她虽然已经有些浮肿，但依然有几分纯真的脸，梅子没法跟她生气，只能哼哼哈哈地应着，附和一下苗子。

装修好的那天，苗子请了梅子吃饭，那天她亲手做了梅子酱烧鹅，很有她们当年在广州吃的味道。两个女人喝了很多酒，又哭又笑地回忆了好多往事，仿佛又回到了从前。

酒至酣处，苗子道出了她的心事："梅子，我现在没有别的追求了，就想评个高级职称，然后从此以后什么都不想了，咱们俩就这么好一辈子。"

梅子觉得苗子有点贪心，苗子其实什么都有了，职务职务有了，钱钱也有了，老公老公也不错，公婆待她跟亲女儿似的，也就是工作上还欠着这一口气。梅子知道，苗子跟她不一样，自己评职称，就是冲着工资去的，苗子是要给人看看，她不是纯粹靠家里关系的。想想自己的一辈子，其实一直在凑合，虽然一直很努力，但能得到的，永远不是最好的，凭良心讲，如果苗子不是她好朋友，她会嫉妒她。

"梅子，你的职称到底是怎么办下来的？"

梅子叹了一口气，人生没有十全十美的，如果是别人的话，梅子是肯定不会说的，她走这条路，是用了罗老师的关系，罗老师几十年桃李芬芳，不是白奉献的，她的一个学生在市局正好分管这一块，正好有个政策漏洞可以利用。但苗子毕竟是苗子，她不能对苗子撒谎。

"苗子，这条路我告诉你，你要等一年再去找，千万不能跟任何人说。"梅子转着酒杯，眼神迷离了，她又想起了她上小学晕倒的那天，想起了她在广州饿晕的时候，苗子带她去餐厅吃梅子酱烧鹅。

梅子没想到，一向温婉的苗子会到市局里去找那位副局长闹。那个副局长今年通过这个政策，给几个人办了职称，他是有点迷信的人，自从发现这条政策之后，他每年只办五个，恰恰苗子就是第六个。

梅子低估了苗子的决心，苗子跑到这位副局长的办公室大闹一场，并且质问："别人都能办下来，为什么我不能办下来？"

那位副局长无言以对，知道苗子不好惹，干脆今年那五个评高级职称的，他来个一概不理，谁也不给评了。这五个人里，就有一个是梅子。

梅子傻眼了，苗子走这条路线还是走的罗老师的关系。罗老师气得在家里大骂苗子"白眼狼"。

梅子去找苗子摊牌，这个职称对她太重要了，在这个一眼望到头的行业里，职称就是普通老师的一生事业，梅子未来的工资退休金都跟它挂钩，她不能不着急。

梅子想让她去跟那位副局长道歉，让人家收回成命。

"无非就是一点面子的事。"梅子说。

苗子却说："人活着就是为面子。"

"那么为我呢？"

"梅子，对不起，但这事儿不成，你也不过是一个月损失几百块钱的事，我不可能拉下脸来去求他。"

梅子才发现苗子这么自私，她忽然想到，当年苗子也许只是可怜自己，并没有把她当成平等的朋友。她施予自己的，都是她不看重的。而自己竟然傻呵呵地把她当成了唯一的朋友。

两个人之间一旦有了猜忌，就再难以弥合。梅子觉得苗子自私，为了自己的虚荣置她不顾，苗子也觉得梅子小气，这么点事，居然不原谅她。

能够真正伤害你的，往往是你最亲密的朋友。苗子开始跟同事谈起梅子上学的糗事，那些梅子不愿提起的自闭的过往，而忍无可忍的梅子，终于把苗子当初跟宋宋的往事宣之于众，两人彻底成了对方最痛恨的敌人。

梅子离开阳台，甩甩头，想忘掉这些往事。在错乱的思绪中，她忽然莫名觅得一个碎片，那是苗子向那个广东大师傅请教烧鹅秘诀时，那位大师傅说的："烧鹅最宜梅子酱，然宾主相得最难，过犹不及。"

DEEP-FRIED TOFU AND MAPO TOFU

脆皮豆腐和麻婆豆腐

—
生活总是如此，
它最擅长的就是当你对她有幻想时，把你按在地上摩擦。

顾南到建新公司的时候是怀着怨气的。

顾南毕业的那天，失去了自己的一切。本来顾南有好好的保研机会，顾南不愿意上本校研究生，谁知发挥失常，没考上；考研没考上，没想到工作也给耽误了。他本来签了个大公司，谁知道前面几关都过了，就等着最后签合同的时候，公司在他毕业前告诉他，公司人招满了，他在网上一查才知道，这公司早就招满了，只是为了宣传，才做这一轮招聘。

顾南心里骂着娘，也没有办法，考研和工作都没有，跟女友去北京共筑爱巢的计划也泡汤了，女友顺理成章地成了前女友，不，是顾南成了前男友。

篮球队的几个兄弟痛快地喝了一顿以后，除了一地的空啤酒瓶什么也没有，更令顾南这个队长难堪的是，他连跟兄弟们AA的资格都没有，只有他一个人还没找到工作。他把一个个兄弟送上南来北往的列车，才发现宿舍里自己已经是孑然一身。

万般无奈，顾南推开了刘教授的门，当初顾南要保的就是他的研究生，不到万不得已，他也不会出此下策。幸好刘教授还念在有几分香火之情，正好他的学生的一个朋友要一个应届毕业生，顾南未经面试就稀里糊涂地来到了建新公司，总算勉强让辅导老师松了口气，终于可以维护就业率百分之百的声名不堕。

顾南到建新公司的时候是怀着怨气的。尤其当他发现自己的报到地点是一个南方小镇的时候，他的怨气就呈指数增长了。

　　这个建新公司虽然是个大型民企，但其实是个家族企业，老板发家的地方正是起于这个自家的小镇，后来做得很大。

　　最初看到这个公司网上的主页，看到它的产品涉及十几个国家，在中国几个主要城市都有分部时，心里有过无限的憧憬，他想到的是自己与国外客户谈笑风生，飞行在各大城市的上空。当他乘坐火车从家来到省城，又坐大巴来到这个南方城市，又搭乘一个多小时的公交，终于把行李箱放到这个南方县城的站台时，他忽然发现他印象中的繁花似锦，他幻想的生活离他渐行渐远了。光是倒车到省城机场，他可能就需要一天时间。这意味着他的那些不切实际的幻想都不过是一个不谙世事的大学生的幻想。

　　研发中心机械设计师，他想起当初看到这个职位时的玫瑰色幻想，摇了摇头，这跟他将要前往的小镇也太不搭调了，他现在唯一希望的是这个小镇是个江南水乡。年轻人总是安慰自己，既然在北上广写字楼被穿着白大褂美女环绕的梦想不能实现，那么在一个江南小水乡享受总不算奢侈吧。

　　随着公司来接人的车行至车站，顾南的心情才有点好转，接他的是个三十多岁的男人，头发已经过早地谢顶，但高高瘦瘦，穿着很有品位，一脸聪明的样子，看起来很好相处，把手机贴在耳朵上隔着条马路，冲他挥挥手。

　　"我本来因为没看见人，心里一直打鼓，不知道给我推荐的是什么人。今天一见到人，我就一颗心放到肚子里去了。这一表人才准没错。"

男人的话听起来特别熨帖，顾南心里的年轻人初入社会的忐忑和不满多少赶走了些。

"我姓张，公司的总裁助理，叫我张哥、老张都行，现在负责研发中心的一个新项目，是你们的项目经理。这个项目好好干，到时候奖金可是多得很。"老张的话，让顾南心里更升腾起一种希望，虽然这里看起来偏僻，但刚毕业就能参与公司的重点项目，心中难以抑制的是兴奋，老张这个人看起来也很能干，能亲自过来接自己一个刚毕业的学生，一是说明项目很急，对自己也很重视，二是说明张经理这个人能体贴下属，能遇到这么一个人，与环境相比，要重要得多。

"还有你，陈工，好好干，干一年，在这里娶个大美女做婆姨不成问题，也该解决一下你的个人问题了，啊哈哈。"张经理一边开车，一边跟后排打着哈哈。

顾南这才注意到，后排居然还有一个人，那个叫老陈的男人赧然一笑，只是嘿嘿两声没说话。他看起来比张经理还要老，头发有些乱，固执地翘着几根白头发。

看起来也是纯技术出身的人，顾南实习时候待的工厂，很多技术实力很强的人，都是这种形象，这让顾南对陈工的印象很好，虽然没有一句话，这样的人给人一种踏实可亲的感觉，顾南觉得自己的未来像现在行驶的大道一样宽敞。

这个城市不再像看起来那么讨厌，他对自己将要前往的小镇也充满了幻想。

这个幻想在他看到张经理一个黑色皮包以后更加强烈，那上面印着两个字"清华"，原来老张是清华毕业的，这个小地方果然藏龙卧虎。想到老张清华毕业，人家工作这么多年都没有嫌弃小镇偏僻，陈工也没有嫌弃这里落后，自己一个刚出学校的实习生，倒是嫌这嫌那，顾南不禁感到赧然，看到老张的虚怀若谷，礼贤下士，他更是觉得自己欠缺的地方实在太多了。

老张倒是没有看出来他的尴尬，一边开车一边介绍，这个镇多半个镇子是公司的产业，几乎所有人都靠老总的家族吃饭，这听得顾南心潮澎湃。他晚上就给球队的兄弟们打电话，电话里不知道是醉了还是假醉："这里就是老子起步的地方。"

打电话那天顾南应该喝了很多，那次是接风宴，公司管内务的刘总，研发中心谢主任，还有张总，请的是他们新招来的七个学生和老陈，作陪的是镇长和主管经济的副镇长。

刘总五十多岁，据说是公司的元老，跟老板光屁股长大，谢主任土头土脑，三十多岁，看起来沉默寡言，不爱说话。

刘总特别健谈，端着酒杯说，"大家都是张助理，"说到这里，刘总特别在助理这里加重了语气，顿了顿才又说，"张助理从全国各地各个名校网罗的精英，公司这么多年招了多少新人，摆接风宴还是第一次，因为你们负责的这个项目是公司的重中之重。"

顾南这才发现，除了老陈，在场的都是刚毕业的学生。大家都是涉世未深的年轻人，听刘总说得郑重其事，都兴奋地你看我看你，没等话音落下就都站了起来。顾南一杯酒下肚，这番话也让他对刘总说的这个项目更加好奇，正要坐下，老张就端着酒杯站了起来敬第二杯，大家也不好坐下，就站着听老张说："我们公司在这个项目上离不开父母官的帮助，大家一起敬这杯酒。"

他这么一说，连刘总和谢主任都不得不一起站起来。

这杯酒喝完，张总又拉着两位镇长说："王镇长，谷镇长，我跟你介绍一下我们这次招的精兵强将。"

张总端着酒杯神采飞扬，用很夸张的语言介绍着顾南他们，把每个人都夸成了绝世无双的人才。到了顾南，老张顿了顿，说这也是科大的，小顾，你介绍一下自己，哪个地方的人。顾南说，我是河南的……

没等他往卜说，一直没说话，埋头吃菜的谢主任一下子头抬了起来，把话接过来说，河南的，咱们是老乡啊，公司里河南的老乡不少。有时间咱们聚聚。说着就喝了一杯。顾南一看没办法，赶紧把自己杯子里的酒喝干了。

顾南没注意到，老张的脸色变了一下。

顾南他们被安排在公司原来的宿舍楼，他和老陈一个宿舍。原来公司技术人员挺多，现在公司的很多项目都迁了出去，宿舍基本是空的。

工作的地方专门有一个大的工作室，看起来倒是跟他们实习过的公司没什么不同，只是有一点透着诡异，工作室里有个叫老左的，四十多岁，每天什么都不干，就坐在一台电脑前噼里啪啦玩游戏。

不过根本没空瞎猜，入职的新鲜感过后是无聊的实习，每天下车间，在一线跟工人吃住在一起，项目的事无人谈起。实习期间，他们才发现公司的技术实力低得可怜，而且摊子铺得很大，这个公司几乎门类无所不包，只要没什么技术门槛的行业，他们都要插一脚。

这样高强度的实习生活甚至超过了大学期间，难免让人抱怨，晚上，还要安排公司的技术人员授课。

然而他们只有实习期工资，连加班费都没有，引得他们几个连连吐槽。最搞笑的是，有一天是刘总来讲课，说是讲企业文化，一晚上讲的全是公司如何对员工不错，泄露商业机密违法，听得大家一头雾水。

他们待久了才发现，这里几乎没有什么娱乐业，除了据说一百元一次的粉红色洗头房，通常是一个中年女人坐在个塑料凳子上，穿着丝袜抽着烟，剩下的就是网吧，这个镇子是个被工人塑造的镇子，一切的娱乐都是以工人的娱乐为主，要到县城去，需要坐将近两个小时的公交。

公司的电脑只能上内部网站，除了老板富态十足的脸和他的语录什么都看不到。

这时候，顾南会想起张总那句话：现在是全球化的时代，啥是地球村？你到世界上任何一个地方都像村子里串门一样方便。这句话很有水平，但是现在顾南发现，地球村是属于老张这种人的，他们需要可以开着自己的宝马X5，三四个小时到省城，然后上飞机到世界任何一个地方。但顾南们不行，顾南们只能等公交，等火车，再等火车，在两天之后接触到现代世界。

老张好像对他特别照顾，经常把他叫过去，让他帮着清理宿舍，张总在省会有了一套房子，公司给他在这里配了一个宿舍，跟顾南他们只隔一层楼，开始顾南还以为张总看重自己，倒也不以为意。

但时间长了就发现，根本就不是这回事。老张经常不回来，据工厂里有的人说，老张这人花得很，在市里和镇里都有女人，他老婆在老家，根本没有人管他。

老张不管回不回来都会让顾南帮他把屋子收拾一下，尤其不能忍的是，正在上课时，老张也会打电话让他干点别的事，无非就是给办公室换水，打扫办公室的小事，同样是技术人员，顾南好像变成了勤杂人员，这让顾南很是不满。

生活总是如此，它最擅长的就是当你对她有幻想时，把你按在地上摩擦。

顾南当初的幻想一下子成了幻影，他看了看几个同学在空间的生活，发现也大同小异，跟一个去了上海的同学联系，还没抱怨一句，就被堵了回来，好了好了不说了，你好歹还有宿舍，我每个月租房就用掉一大半了。

最让顾南感到难忍的也是吃，工厂里的工人，很多都是外地的民工，目的很简单，就是为挣钱而来，对于吃没有太高要求，只要便宜油大一点就行。

所以食堂的菜基本就是把肉、菜放到一起炒出来，米饭也很难吃。据说原来公司效益好的时候，这里的车间都是昼夜开工，那时候食堂的饭菜是很好吃的。听到这个消息，顾南的心又沉了一些，当初只为了求条出路，看来免费的都是不好的。

幸好镇上有很多饭店，来公司洽谈业务的客商很多，所以倒也是全国各地的菜式都有，几个年轻人都是没有家庭负累的，反正也没有别的开销，乐得填了五脏庙。

只是老陈从来不跟他们去，邀请过几回，看他不去，大家都调侃说，老陈要攒老婆本。老陈还是嘿嘿笑笑，也不反驳。其实老陈二十八岁，也就比他们大上五六岁，但从来玩不到一起。

吃过几次饭以后，顾南爱上了一家餐馆的一道菜，脆皮豆腐，几乎每次必点。老板是湖北人，这道菜做得特别好。

内脂豆腐，切片拍生粉，炸个金黄、生抽、香醋、白糖、混合的酱汁简单加热，扔进去几颗红椒圈，香菜，蒜末，香葱末，趁热出锅热腾腾浇在炸好的豆腐片上，直接端出来。

近似透明的酱汁，裹着黄黄的趴在盘子里的豆腐，夹一块入口，外焦里嫩，甚至不用牙咬，只要舌头一压，豆腐就化开了，脆皮里面的汤水，就流出来和酱汁混合在一起，浓香的液体，在唇齿间滚来滚去，滚到哪里，哪里就舒服得像是开了花。

这个菜，也非常下饭，他们几乎每次去饭店吃饭，都点这个菜，这菜也简单，所有的馆子都会做，不过与这个湖北老板比，都差了一些，所以顾南就固定了地方，没事就去老板那里要个脆皮豆腐，一碗米饭，刻意慢慢地吃，这算艰难日子里唯一的慰藉，在吃饭的时候，顾南才觉得自己被生活善待。

可是就这样的日子也常常被打断，经常在饭点的时候，张总打电话过来，让顾南帮他做事。那天中午，顾南的脆皮豆腐刚端上来，电话就来了，又是老张，他的火腾地一下子上来了，有心不接，但还是控制了情绪。

"怎么现在才接？来我宿舍一趟，帮我搬几个家具。"老张的声音传来。

顾南是带着一肚子气来到宿舍楼下的，自己一个堂堂名牌大学毕业生，来到这个陷阱公司已经够憋屈了，还要天天忍受这样的屈辱。

他不怕工作，也不怕辛苦，但他讨厌这样被呼来喝去，尤其是干这种没有创造性，于职业生涯没有帮助的工作。

到了楼下，才发现大家都在，包括老陈。原来老张招呼了所有人，这让他的心里好过了一些。

这时候一辆大卡车进来，装的是家具，有双人床、沙发，顾南经常去张总宿舍，他的宿舍跟员工宿舍不一样，差不多有三间那么大，但里面也不过一张单人床、一张桌子，莫不是项目快开始了，老张要在这里常住？

正寻思着，老陈掀起最重的那个沙发："小顾，来帮个忙。"顾南没办法，只好抬了起来。

楼道很窄，顾南和老陈只抬了一层楼就满身大汗，顾南的眼镜都滑落到了鼻梁上。老陈在前，顾南在后，费尽九牛二虎之力眼看着终于快要抬到三楼，顾南提起吃奶的劲儿，埋着头正要抬上去，却听见哐当一声，他的脸几乎贴在沙发上，几乎滑下楼梯。

"老陈，你搞什么？"顾南叫道，也抬头往上看。他抬起头，汗水流进他左眼里，模糊中，看见老陈站在楼梯中间，傻仰着脸往上看。老陈的目光正盯着一个女人，顾南只看了一眼，也呆住了。

老张的宿舍门口立着一个漂亮的女人，一起招过来的两个女生正陪着她说话。她穿着一身鹅黄色的家居服，头发松松地盘着，说话的时候带着笑，嘴角弯了一个很好看的弧线，脚上趿拉着一双红拖鞋，露出一截亮亮白白的小腿。

"累坏了吧，这么大热天，要不先放在楼道里吧。"

"不用不用。"老陈和顾南同时说着，好像如梦初醒，浑身都是力气，把沙发抬了进去。

那是老张的妻子。在那个南方闷热的午后，顾南好像一下子来了精神，他主动张罗着跑上跑下，比谁搬得都多。

干完活儿，那个女人就很热情地给大家切西瓜。闲聊中，大家才知道，项目快开始了，老张要常住这里，她过来照顾老张生活。

那个没有意义的培训，毫无目的地开始，就在大家以为它遥遥无期的时候，它又戛然而止，随着项目的开始结束了。

公司的总工丁总亲自交代了项目，这是一个仿制项目，也就是山寨，丹麦皇家科学院一个院士有一个小型消防泵的专利，在北欧几个国家已经投产，准备转让给中国，但是要价太高，公司高层和对方正在谈意向。

现在公司拿到了几个样品，他们的任务就是把这个小东西测绘出来。然后把工艺简化，把成本降低。

公司的技术实力很差，它的强项就是成本控制，这个水泵对他们是个机会，这是一个消防器材，只要能做出来，老板的后台很厉害，能通过当地的背景拿到政府的招标，公司也许就能顺利转型。

这种关系公司命运的事儿之所以摊到他们几个刚毕业的大学生的头上，是因为以前公司的研发部门，出过几次事情，几个研发成果，都是项目快完的时候，成员带着图纸去了其他公司。

顾南知道毛病出在哪儿，去工厂实习的时候，一个老技术员跟他说过："这公司待人太刻薄，老板是白手起家，就是靠一路勤奋打拼上去的，对人和对产品一样，只要成本控制。"

"难怪刘总强调了几次泄密的事，原来都是为了警告咱们。"顾南一想到这个，就有些恼火，这是把人当贼防呢。

碰到这鸡贼公司算倒了血霉了，这个项目大概是咱们能做的最高水平的项目，以后就算出去，履历上怎么写？有点实力的公司谁要他们？尤其是顾南，大部分时间做了勤杂人员。

顾南一肚子怨气，无奈之下，只有向老陈倾诉。

"老陈，你见过的世面多。你说我该咋办？"

老陈沉默了半晌才说：

"这个公司分两派，一派是本土派，一派是河南派。本土帮全是跟老板起家的，你看见那个办公室的老左没有，他就是本土帮的，河南帮主要是当年公司收购的一个国企的员工，大部分技术人员全是河南的。老张为啥不喜欢你？就因为你是河南人。从你在酒桌上跟谢主任叙老乡情的时候，老张脸色就不对了。老张为什么总是培训的时候把你支开？就是要把你排除在项目之外。"

老陈平时沉默寡言，谁知道今天说了这么多。

"我根本就不是。"顾南辩白道，"只是应酬的话，根本没想那么多。"

"谁管你？谁管我们？"

"这么说老张是本土帮的？"

"他要是就好了，他跟丁总一样，都是空降的，老板从外面招聘来的，他想当副总，就指着这个项目呢。他把咱们这些人招来，完成这个项目他当副总，咱们这些人说是给公司立功了，但是你在这个地方，几乎与世隔绝，还要保密，将来在公司无依无靠，两头受气。"

"那咱们就算老张的嫡系了？他不保？"

"老张是老板的人不假，但老板也不全信任他，那个老左就是老板派来盯着这个项目的。你别看他天天跷着脚玩游戏，技术也一窍不通，说是被老板发配来的，其实鬼精鬼精的。"

"那咱们不都被老张坑了？"

"差不多，老张当初跟我说这里多有前途，给我提中层，我就来了。"老陈叹了口气，"也不能算坑，咱们迟早得给人打工，给谁打都是打。"

"这前途也太渺茫了吧？"

老陈一口啐到地上，冷笑一声："都他妈到这个地方了，就别提前途了。"

顾南不知道自己怎么回去的，只记得那天下午的太阳特别毒，晒得他浑身冒冷汗，回到宿舍的院里，他听见田瑶和张晴叫他，她们俩也是这次招来的，是八个人里头仅有的两个女生，田瑶好像是招呼他打球。

这个小镇没别的娱乐，男的就上网，上点岁数的就打麻将，年轻的女生更少，女工们就蹲在出租房里聊八卦，聊着聊着一下午就过去了，张晴她们就买了两副羽毛球拍，打打羽毛球，田瑶好像对他有点意思，几次都招呼他去，要是平时，顾南是绝对不会去的。

但今天，他看见还有一个人在那里，是老张的老婆，穿着一身白色的运动服，看起来像是个女大学生，顾南一下子站住了。

看着她，他的脸瞬间阳光起来，说："好啊，一起玩双打吧。"

三个女生都不怎么会打，顾南自己也没怎么学过，不过大学经常打篮球，身体反应速度很快，比她们还是要强一些。

顾南跟田瑶一队，就有意识地给对面的张太太喂球，这么一来，对面的优势很明显，张太太的球也打得很舒服，连着几个精彩的扣杀，人一下子活泼了许多。

田瑶越打越急，她也想来几个扣杀，但是没逮着机会，看顾南这么打球，更是来气："你到底会不会打球？"

"打得不好，水平有限。"顾南倒是不在意，还是给张夫人喂了一个球，张夫人跳起来就是一个扣杀。

"不玩了。"田瑶收了拍子。

"到我家里吃冷饮吧。"张太太意识到自己过了。

顾南自然求之不得。

"我不去了，我今天有点不舒服。"田瑶拒绝了，张晴给顾南使了个眼色："我先陪田瑶上去，一会儿去找你们。"

家里收拾得很干净，张总没有在家，说是家，其实只不过是一个大会议室改的，并没有隔断，屋里一览无遗，顾南不知道为什么，第一眼看的就是那张床。

"坐呀，家里有点乱。"张太太从冰箱里拿出来一个冰激凌和一瓶水，把冰激凌递给顾南，自己拧开了水。

"我刚才是不是太过分了？"

"没什么，田瑶就那个性格，一会儿就好了，你别往心里去。"

"你是不是在追田瑶？"

"怎么会？"顾南赶紧否认。

"我这个人就是太较真，一打球就跟小孩儿一样光想赢。"张太太在沙发上坐直了身子，握着水瓶。

顾南继续端详着屋里。

"你为什么让我们？"张太太忽然扭过头来，眯着眼睛看他。

顾南不知道说什么好，一时无言，张了张嘴说："我也不知道，反正赢了也挺无聊的。"

"是呀，也挺无聊的。"张太太的眼神忽然黯淡下来，低下头去，顾南看见了她雪白的脖子。

屋子里的气氛一下子尴尬起来，顾南不知道该说什么。

深吸了一口气，他才打破沉默："为什么要来这个小镇？"

她摊开手，看着白皙的手，苦笑了一下："我也不知道。"

她甩甩头，忽然说："算了，你们其实都知道的，我来就是为了看住老张。"

顾南不知道怎么接，老张的风流他是知道的，他想岔开话题，就说："你跟张总在北京上学的时候挺好的吧？"

"北京？什么北京？我们是在重庆上学的时候认识的。"她忽然愕然了。

"我看他总拿着一个清华大学的包，以为他是清华的。"顾南大窘。

张太太笑起来，用一只手撑着肚子笑起来了，另一只手里的水瓶都抖起来了，笑得前仰后合，一点也不端庄。

顾南才发现她笑起来简直太美了，看起来根本不是三十多岁的年纪，倒像是个十八岁的少女。

她笑够了，就跑到桌子上去翻，翻来翻去，翻到一个本子，拿过来丢在沙发，故意绷住笑说："你看。"

顾南一看，本子上印的哪里是清华大学，分明是："清华火锅。"

她再也绷不住了说起了重庆方言："你啷个恁么傻嘛！"然后又是一串大笑。

顾南忽然也一下子如释重负，不知道为什么心头的阴霾一扫而空，也跟着笑起来。

笑够了，她又开始说话，这回说的是普通话："老张就是这么个人，他挺会给自己充场面。"

"其实，我不该总给他添麻烦的，他混到今天也不容易。"她又突然难过起来，"可我就是忍不住。"

顾南看她时，脸上两行泪已经流下来了。

正在这时，听见了敲门声，她飞快地抹干了眼泪，开了门："谁啊？"

是田瑶和张晴，顾南没心思陪着她们，草草说了两句话就走了。

项目下来了，大家开始忙起来。

丁工亲自做指导，带着他们几个孩子和老陈把那个水泵拆了装，装了拆，张总果然是对技术一窍不通，干着急没有办法，但每天都开个进度会，汇报进度。

只有老左还是跟神仙一样，跷着脚玩游戏，好像周围根本没有人存在。顾南知道了他的背景，对他也不敢怠慢。

然后是测绘，无聊的测绘。

张总还是经常把顾南叫过去给自己家干活，有时候是提个煤气罐，有时候是修空调。

虽然每次有这种活计，都意味着今天要加班，但顾南不但没有排斥，反而很期待这种时刻。

每次去的时候，顾南都从楼下带点水果上去。干完活，就和张太太说说话，在沙发上吃会儿水果再走。

时间长了，顾南发现这个女人很爱开玩笑，跟她说话很有趣。

他想不通，有这样一个女人，老张怎么还是不安分。

有一次，顾南正在工作室加班，忽然停电了，正准备收工回宿舍，电话响了，是老张，那边不耐烦地说："喂，买包蜡烛给我屋送回去，停电了。"

顾南这才想起来宿舍也停电了，张太太一个人在家。他一挂电话就往宿舍跑，从楼下小卖部买了两包蜡烛就上楼了，楼道里漆黑一片。

他慢慢地走上去，一到门口，张太太就把门打开，到处都是黑暗，只有手机发出微弱的光。

她用手摸到了顾南的胳膊，手指凉得像块冰。

"是你？"

"是我，给你送蜡烛来了。"不知道为什么，顾南不愿意提老张打电话给自己。

"我给老张打的电话，没想到他会麻烦你。"女人好像一下子没了精神，就靠在墙上。

顾南把蜡烛点上，问她："放哪儿？"

女人没抬头："随便放哪儿吧。"

顾南把蜡烛放在中间的桌子上，这才发现，桌上摆着七八个菜碟，两副筷子，一瓶酒。

老张居然没在家，这大概是什么纪念日。

"你吃饭了没？"她忽然问。

"没吃。"顾南才想起来，在工作室画图居然忘了吃饭。

"没吃就一起吃吧，你帮了这么多忙，承你的情，该请你吃顿饭。"

"不吃了，我还得加班。"

她扑哧笑了："你真逗，都停电了，怎么加班？"

说完把筷子塞他手里，顾南自己都觉得自己蠢得厉害。

113

张太太端起饭碗，一侧身坐在椅子上，赌气似的扒了两口饭："你要是不想吃，把筷子扔起就走。"

顾南看她的肩膀在烛光里像是在微微颤动，心头一动，就坐了下来，夹了口菜吃。

"都是他原来爱吃的。"女人话一出口，就又低下头，飞快地夹了一块水煮鱼放在他的碗里，又夹了一个水煮肉片，"能吃辣就多吃点。"

"还可以，我也算能吃辣。"

顾南不知道该说什么，只能默默地夹菜吃饭。烛光里，她低头吃着饭，睫毛长长的，下巴一动一动。

"你爱吃什么？"女人问。

顾南就告诉她楼下馆子的脆皮豆腐好吃，她就从一个盘子里夹了一口菜给他，顾南尝了尝，是麻婆豆腐，烛光里，是切得四四方方的小豆腐块儿上沾满了佐料，吃到嘴里，满口生香，又麻又辣，顾南赶紧扒了两口米饭，看起来这桌子菜很用心了。

"好吃吗？"

"蛮好吃。"

两人都是无话，房间里只有吃饭的声音，好像时间就在这里静止，顾南只想就停留在这一刻，就这么一直吃下去。

"你不是蛮会讲笑话吗？说一个来嘛。"

顾南张了张口，女人又说了："别讲了。原来他就挺爱讲笑话，后来就慢慢地不跟我讲了。"

她丢了饭碗，忽然趴在桌子上啜泣起来："今天是我生日，我自己一个人下楼买蜡烛也可以，可我就是想打给他，他说他在外地开会，回不来。"

"我这样是不是太矫情了？"

顾南伸出手，她一下子抱住了他的脖子，大哭了起来。从见到她起，那个就一直藏在心里的念头从他心里一下子跳出来，她现在就这么软软地躺在他的怀里，细长的是脖子，浑圆丰满的是乳房，只要他伸伸手，就可以送老张一顶绿帽子，那个挨千刀的老张。顾南手却抬不起来，这真的能报复到老张吗？

他身子僵着，手蠢蠢欲动。

这时，灯一下子亮了起来，刺得人眼疼，顾南用手遮住灯光，她忽然醒了，推开了他。

"你走吧。"

他这才发现，一切只是幻想，她又回到了自己的角色，还是老张的妻子。

顾南怅然若失，拿着蜡烛回到了宿舍。

老陈还没睡，看他回来，一副失魂落魄的样子，问他："干什么去了？"

顾南把那包蜡烛放在桌子上，说："加班了，买了包蜡烛。"

"别太拼了，身体是自己的。"

顾南没搭茬儿，径自整个人砸在了自己床上。

"老陈，你有没有想过，将来怎么办？"

"赚点钱，找个好女人结婚。"老陈说。

顾南和衣睡了一夜，早饭都没吃就去上班了。

下午下班的时候，一个陌生的电话打过来，他接了，是张太太。

电话里头是很兴奋的声音："你快来我家！"

顾南想说不去，但最终没说，还是去了。她正等着他，还穿着围裙，一见他来，就说："快尝尝，是不是你说的味道？"

顾南看见桌子上有两盘菜，一盘是脆皮豆腐，一盘是麻婆豆腐。他就一样捡了一块吃，都说重庆女人会照顾人，她在厨艺上也很有天分，这个脆皮豆腐让她复制了八九不离十。

"快说，快说，哪个好吃呢？"

"好像还是麻婆豆腐好吃。"

"我就说嘛，肯定还是麻婆豆腐好吃。"她忽然得意起来，拍着桌子强调。

"脆皮豆腐也不差啦，也许是吃太多次了，想换换口味。"

话一出口，女人的脸一下子僵住了。

顾南不知道说错了什么。

"好嘛，人都是喜新厌旧哩，换换口味也好。"她忽然愤恨地说。

"我不是这个意思……"顾南没想到她想的是这个。

"不是针对你。"女人闭上眼睛，"老张在外面的女人我找到了，过几天我就找她去，她不缠着老张，他或许就收心了。"

"其实你离婚也可以的，你条件挺好的。"

"我不甘心啊。"

顾南无话可说，这样一个女人，是不该甘心的。

项目接近尾声，却出了点问题，几个关键的技术细节，大家研究了很久都没有参透，丁总亲自从总部来了几趟，也没有解决。

时间紧迫，老板开了几次会，就变山寨为合作，真的把那个专家请来商谈合同，据说老张挨了骂，回来的时候铁青着脸。

技术难题始终没有攻克，谈合作那天，居然是谢主任在，谢主任说，今天合作方要过来考察，正好丁工和张总在总部有个紧急会议，由我来负责接待，你们谁英语好一点，来做我翻译。

几个年轻人一下子都窘住了，英语谁都会，要说能达到翻译的水平好像谁都没有。谢主任急了："这个项目是个保密项目，咱们也不能再找个外人来。这样吧，你们几个都参加，老左，你也参加吧。"

老左像是刚从游戏中出来，摆摆手："我就不参加了。别说英语了，普通话我都不会。"

"那不行，我也早还给老师了。今天这个会关系项目成败，老张不在，你就是负责人。"谢主任强拉着老左去了会议室。

对方一共是四个人，三个老外一个中国翻译，其中一个是个头发花白的老先生，留着中长发，很有几分艺术家气质，他就是拥有专利权的那位丹麦院士，那两个是他的学生，翻译是他在中国临时找的，一个小姑娘，头发烫成蓬蓬头。

对方一开口，除了老左，大家一下子蒙了，不是英语，是德语，几个人只能等着那个翻译来解释，偏偏他的话里有很多学术语言，这个翻译只是个研究生，也只能按照他的理解解释。

要说还是谢主任见多识广，虽然平时一口正宗河南普通话，但这时候一本正经地挺直腰板，频频点头，好像确实是听懂了，这手本事大家都很佩服。

三个老外大概看出来大家都听不懂，说话就越来越随意，到最后干脆变成了他们师徒三人的交流会。

翻译也向大家解释，我能力有限，很多都听不懂，而且她并非受雇于建新公司，所以他们的谈话没有翻译的义务。

谢主任倒是也不以为意，还是让大家把关于产品技术细节的问题挨个儿提出来，大家研究了这么久，当然有好多问题，不过提出来也没用，完全听不懂翻译过来的解释。

终于熬过了三个小时，送走了这个专家，大家才长嘘了一口气。

谢主任笑着拍着老左的肩膀说："老左，这次可以跟总公司汇报了，去他的洋鬼子吧，这个东西咱们自己能做了。"

老左嘻嘻地笑："大伙儿继续好好干。亏不了大伙儿的。"

谢主任心情好，还挨个儿指点了大家目前工作上的技术难题，大家这才发现，这个看起来土头土脑的男人一点儿也不简单，刚才老外的德语，他全听懂了，技术方面他完全精通，更可怕的是，他对项目进度也非常了解。

这一手太厉害了。真没想到，学工科的玩起阴谋来也这么酷。老江湖果然是老江湖，老陈和顾南都佩服得五体投地。

老张被人摘了桃子，他筹备大半年的项目，关键一步被谢主任拿走了，而且输得一点脾气没有，谁让他不是技术大牛？

项目虽然还是老张主抓，但是他的心思也渐渐不在这里，大部分时间待在市里或者省城。大家虽然也很不齿谢主任的行径，但心里着实还是都暗爽了一下，不过都躲着老张，怕他逮住人发火。

老张在工作室的日子脾气都很大，把人使得团团转，尤其是顾南。

至于张太太，倒是很久没见，顾南心里想得厉害，却没有勇气打过去。

再见到张太太，是几天以后，那是晚上九点多钟，顾南收到了她的短信："我在站台，你来接我。"

顾南在床上看电视，看见短信，就往外跑，小镇最后一班车是九点，女人就一个人蹲在站台上，旁边放着一个红色行李箱。

"我手软得厉害，提不动箱子了。"她抬起头，面色白得吓人。

顾南就拎着箱子，女人跟着他往回走。回到那个家里，顾南把箱子放下，就去开灯。

"别开灯。"

女人就摸黑走到床边，顾南借着月光看着她，她穿的是条花布长裙，长裙大概是脏了，挽了个疙瘩，垂在一边，露着两条白皙修长的腿。

"你有烟吗？"

顾南身上正好有，就给了她一支，给她点着。

她抽了半支，开始说话：

"我打了那个女人，揪她头发，但是没用，他还是不愿意回来。"

"一路上我的手一直在抖，根本控制不住。"

顾南走过去，夺过她的烟，掐灭，一把抓住她的手，去寻找她的嘴唇，她疯狂地回应，顾南撩起了她的裙子。

进入她身体的时候，顾南听见女人的呢喃："我们报复一下他吧。"

顾南停顿了一下，还是毅然刺入了她的身体。

顾南醒来，就躺在老张家的床上，他听见有人在外面叮叮当当地切菜，翻身下床，她就进来了。

"你醒了？"

"嗯。"

"昨天老张回来了！"

"什么？！"顾南吓得一激灵。

"扑哧。"她狡黠地笑了，"瞧把你吓的吧。"

张太太没事就给老张打电话，说家里需要买这买那，老张就让顾南去，顾南一进家门，两人就疯狂地做爱，在地板上，在床上，在桌子上。

两人什么都不管不顾，老张基本不回家，顾南就摸到楼上去，吃女人给他做的饭，然后又是做爱，好像他们才是真正的夫妻。

两人没有海誓山盟，没有天荒地老，只有肉体的交流。

时间好像就静止在这个小镇。

图纸陆陆续续地出完了，张太太却找到了他，把一个U盘交给他。

"这是什么？"

"项目的全部图纸。"

"这从哪儿来的？"

"老张带回家看，我偷偷拷了一份。"

"给我什么意思？"

"你去找个公司，把这东西卖掉。"她好看的眼睛亮晶晶的，顾南却看着害怕。

"这不行的，这是泄露商业机密，是犯法的。"

"你不说，我不说，谁知道？"

"你为什么要偷这个？"

"我要报复老张。"她咬牙切齿地说。

"你就跟他离婚不好吗？我娶你。你给我做菜，咱们离开这儿，去别的地方。"顾南抱住她去吻她。

女人却一下子把他推开，力气大得吓人，目光灼灼，好像一头母狼："你干不干？"

"不干。"

"好，你要是不干我就告诉老张咱们的事。"

顾南火倒一下子上来了，郁结在心中的不满一下子喷发出来："你告诉他啊，你都不怕我怕什么？"

她脸上的神采一下子没了，顾南意识到自己说错了话，要去牵她的手，被她一下子甩开："我看透你们这些男人了，一个都靠不住。"

张太太走了，再也没有给顾南打过电话，也没有让他去帮过忙。

刘总代表公司请大伙儿吃饭，算是给大家的一个鼓励。谢主任和老左也在，这回老张再也没有了当初的意气风发，他只是一个人喝闷酒。

那顿饭，吃得很尴尬，老张喝醉了，全没有了平日的风度，拍着桌子喊："你们都对不起我。你们都对不起我。尤其是你。"

他指的是顾南的鼻子。顾南的所有酒意都化成了冷汗，他的衬衫贴着后背冰得厉害。原来他早就知道。

"你以为你占的是个便宜，我他妈早就不想要了。我不给你占，你能占到？"

"她什么都拿不到，你也是，还有你，你们都是。"

老张嘶吼着，指着他们所有人。谢主任只是冷笑。

顾南以为她真的把他们的事告诉了老张，心里到底是害怕一些，怕老张铤而走险，上下班都在手里带着一个大号电筒，防止老张报复。

他没有等来老张的报复，却等来老张被逮走的消息。

公司这个项目的全部图纸都被卖给了另一家竞争对手，所有人都被公安讯问，做了笔录，包括丁工。

审讯的时候，顾南想起了张太太，想了想，最终还是没有提起她。

他们几个年轻的，最先排除嫌疑，他们根本没有泄密的可能，也不掌握全部图纸，丁工老了，他来应聘总工就是闲不住，他也没有嫌疑。

老左更没事，他就没见过图纸，谢主任手里也没有图纸，再说他已经被老板许了副总工，他没作案动机，只有老张嫌疑最大。

老张始终没吐口。

但是项目完蛋了，当初承诺的奖金也泡汤了，他们几个成了丧家之犬，连丁工出来以后都主动辞职了，他不想参与这点破事了，只想回家抱孙子。

他们几个也都提出辞呈，再留在这公司没有意义了。几个人都很愤怒，在这里浪费了一年的时光，却几乎一无所获。所有人都忙着辞职投简历，早早离开这是非之地。

顾南收拾好行囊，张太太来找顾南，她已经跟老张离婚了。

她问顾南："你还愿意娶我吗？"

顾南这时候才发现，他连张太太叫什么都不知道，他说："那个图纸是不是你卖的？"

"你别管这个，我就问你愿不愿意带我走？"

"不行，我要回家了。"

"你是不是跟老张一样，玩腻了？"

"你找别人吧，比我这穷小子强。"顾南想想当初她逼他卖图纸时的眼神，没有正面回答。

"好，不过我还是谢谢你，谢谢你让我离开老张，我就问你一个问题，你当初到底喜没喜欢过我？"

顾南想了想，说："对不起，当初是我自己太恨老张，想报复他。"话没说完，女人一巴掌抽在他脸上，顾南没躲。

"老张原来不肯花时间陪我，我想要的是陪我的人，觉得老张不爱我，你肯花时间陪我，我觉得你爱我。现在我明白了，老张有钱没时间，你有时间没钱，肯用自己少的东西花在我身上才是爱我，你们都不爱我。"

张太太叹了口气，从包里拿出一本书，一点点撕碎，扔在地上。

"这件事也怪我，光想着报复老张，把自己忘了。感情里掺杂了别的，就不对味了。"

顾南去看那本书，那是一本菜谱，关于怎么做菜的，他捡起一片纸，上面是脆皮豆腐的做法，他觉得心隐隐作痛。

顾南后来听说，因为证据不足，老张放出来了，但公司也留不了他了，张太太的消息就没有了。

一年以后，老陈和顾南在QQ上偶然碰见了，忽然兴起，发了个视频，谈起了老张。

老陈说："其实，图纸不是老张卖出去的。"

顾南说："我知道。"

老陈诧异地说："你怎么知道是我卖的？"

顾南心里咯噔一下："什么？你卖的？"

"是啊，我卖的。"老陈语气里有一丝得意。

"你哪来的图纸？"

"那你就甭管了。"

"你为什么要卖？"

老陈说："嗨，也没怎么想，反正都是卖呗，老谢卖老张，老张卖咱们，公司卖老外，大家都是为口饭吃，我那天一下子想明白了，与其被他们卖，不如我卖。"

"对不起啊，害得大家白干了一年。"老陈说，"我这倒是没白去，老婆也讨了，钱也到手了。"

"老陈，跟谁说话呢，吃饭了。"顾南听那边传来一个熟悉的声音。

"我下了啊，我老婆做饭特别拿手，特别喜欢做那时候你爱吃的那个脆皮豆腐。"老陈一脸幸福的样子。

KEBABS GODDESS

/

撸串女神

一
怪不得，
晨姐要说，她不是出轨，她这是重回正轨。

刘叔叔是我见过的最整洁的男人，几乎永远是雪白的衬衣，笔挺的裤子，黑色的大头皮鞋，胡子刮得干干净净，指甲修剪得整整齐齐，浓密的黑发梳理得一丝不乱，走路永远地抬头挺胸，人长得也俊俏，最突出的是鼻子，特别英挺，眸子又黑又亮，那时候人们不知道混血儿这个概念，都说刘叔叔像电视里的外国人。

　　刘叔叔在我们街坊里是个特例，他每天就昂首挺胸，气宇轩昂地走着，对其他的街坊并不看在眼里，只有对我老爹还高看一眼。

　　他是退役军人，据说在部队就是给首长开车，回到地方还是给市里的市长开车，三天两头就往省里跑，算得上我们这个偏僻城市里见多识广的人物。

　　他是老爹的酒友，当时老爹和老妈因为工作关系两地分居，我跟着妈妈在另一个城市居住。

　　我想即使我老了，也永远不会忘记我见到晨姐的那个清晨，老爹老妈那天终于结束了两地分居。妈妈的工作调动到爸爸的城市，对于懵懂的我而言，并不知道这意味着什么，我记得是刘叔叔开着借来的卡车带着我们回家的，他的车开得特别好，非常平稳。

　　当睡眼惺忪的我从车上被扯下来之时，第一眼看到的就是晨姐，那时候她正蹲在一个高高的水泥台上，对着一个水龙头刷牙，齐耳的短发，趿拉着一双男士拖鞋，穿着牛仔短裙，露着两条光洁的长腿，看见我们下车，就眯着眼睛笑着跳下来。

在清晨的阳光里，她整个人都放着光，就连一嘴的牙膏沫都看起来特别美。我害羞地躲在老妈的身子后面，不敢看她。

晨姐比我大五六岁，是刘叔叔的女儿，但当时我还不知道。她完全继承了刘叔叔的优点，皮肤白皙，鼻子英挺，眸子光芒四射，偏偏喜欢留像男孩子一样的短发。

只有九岁的我喜欢上了她，并且无意中出卖了我的心思。刘叔叔跟爸爸喝酒，他是个讲究人，每次到我家的时候父亲总要换上一套白瓷的酒盅，两人一人一只小酒盅，慢悠悠地喝着，酒至半酣，他喜欢逗我。

"老二，将来娶不娶媳妇？"

"娶。"我脑子里想的是那个小姐姐。

"有志气，告诉叔叔，娶谁当媳妇？叔叔帮你说媒。"

"娶那个漂亮长腿姐姐当媳妇儿。"我脱口而出，那时候，我还不知道那是他的女儿。

刘叔叔和老爹都开始笑我，老妈也很快活地笑，我还是很不要脸地抱着他的腿说："我就要娶她，你帮我说媒好不好？"

老爹说："要娶那个姐姐你可是找对人了，刘叔叔就是你未来的老丈人。"

我这才害臊起来，想躲起来，却被刘叔叔用胳肢窝夹住脑袋："你小子眼光还挺高，想娶姐姐得让你爸准备彩礼。"

"老二不错，要好好学习，将来给我当儿子，姐姐你是别想了，娶妹妹吧。"刘叔叔那天高兴，摸着我脑袋说。

听妈妈说，刘叔叔一辈子要强，最遗憾的就是生了两个闺女，没有一个儿子。不过我却糟糕了，我喜欢晨姐的事情传了出去，街坊都知道了，走到哪里都拿我取笑，尴尬的是遇到晨姐，她会哈哈笑着，像刘叔叔一样用藕似的胳膊夹住我的脑袋，跟人介绍："看，这是我小老公。"

戏弄完我，晨姐就很帅气地把手插在口袋里，吹着口哨，带我去吃烤串，我虽然不喜欢她夹我的头，但是喜欢看她，总是很不争气地跟她去撸串儿。

那时候我才发现一个晨姐的秘密，她早恋了。晨姐的男朋友是她同班同学，叫大鹏，我很讨厌大鹏，大鹏特别会说话，什么都顺着晨姐说，而且长得特别英俊，又瘦又高，干干净净的，跟晨姐站在一起很般配，这个让我心里更不舒服。

晨姐很爽朗地拍拍我的肩膀，给他介绍我："这是我未来老公。"

"这是我现任男朋友。"拍拍大鹏。

我很紧张地看着大鹏，怕他找我决斗，顺便观察路边看有没有趁手的板砖。大鹏并不生气，反而宽厚地笑笑，递给我几串羊肉串和大腰子。

东北的羊肉串和大腰子特别香，被烤串师傅烤得油都冒出来，撒上孜然和辣椒粉，撒一点细盐，一串又多又大，嗞嗞响着，顺着扦子从头到脚撸到嘴里，满满的都是充实感。因为是大鹏花钱，他也看起来不讨厌了，我在心里原谅了他，我的第一次爱情就这样在烤串儿面前丢盔弃甲。

晨姐和大鹏两个人就一人一杯大扎啤，晨姐很豪爽地一手撸串儿，一手端着扎啤痛饮，白生生的腿依然耀眼。

晨姐早恋的事儿很快被刘叔叔知道了，我们都能听见刘叔叔的咆哮："小小年纪不学好，搞什么早恋！长大能有什么出息！"

"早恋怎么了？"

"还怎么了？再说你早恋找个有出息的行不行？为什么非要找个差生？"

"我喜欢他，他长得帅。"

"长得帅有屁用？能吃还是能喝？"

"长得帅当然有用，你要不是长得帅，我妈能看上你？"

我们能听见晨姐的辩解，都扑哧笑出来了。

妈妈说："这丫头嘴皮子真厉害。"

曾听妈妈说过，刘叔叔的夫人是交通局局长的闺女，是医院的医生，长得又矮又胖，当年转业回来的刘叔叔被她一眼看上，刘叔叔也是沾了老婆的光，从开大车的司机后来给领导开小车，又调到政府机关去，成了司机行业的金领。

我们光顾着笑，妈妈一听这话就说："坏了。"赶紧往他们家跑，我也跟着跑过去，跑到他们家，发现刘叔叔正拿着一个鸡毛掸子，要追着打晨姐，晨姐就绕着桌子跑，爷儿俩隔着一张桌子对峙。

老娘和晨姐的妈妈赶紧把鸡毛掸子抢下来。

我跟晨姐趁机跑出去。

"你疼吗？"

"我没让老家伙打到我，我鬼精鬼精的，他打，我就跑，哈哈，根本追不到。"

晨姐踢着路上的石子，很得意。

忽然她揽住我的脑袋："怎么，小老公心疼我了？"

她俯下身子，啵地一下子在我脸上亲了一口。我第一次被女孩亲到，脸涨红了，她就哈哈地大笑，笑得身子都俯下去。

晨姐还是跟大鹏分手了。大鹏父母都是纺织厂的普通工人，刘叔叔找到他们，说如果大鹏再敢缠着晨姐，就让他们两口子都下岗。那时候纺织厂效益不好，正好是改制的敏感时期，大鹏爸爸，这个当了一辈子卡车司机的男人，狠狠地用他握方向盘的大手，揍了大鹏一顿。

刘叔叔也慢慢不来家里喝酒了，经常看见有好多人，拎着东西去他家里做客。晨姐和她妹妹也打扮得越来越漂亮，终于有一天，他们家搬走了。

"你刘叔叔出息了。"我问老爹晨姐去哪儿了，老爹就这么淡淡地说。

在我上大学走的时候，听老妈说起过晨姐，说她现在挺好，在银行工作，要结婚了，对象也是刘叔叔选的，是某个副局长的孩子，大学毕业以后就进了政府办，前途一片大好。

结婚的日子，我们也去了，晨姐盘着头，穿着白色的婚纱，特别美，新郎倒是黑黑的，个子看起来还没有晨姐高，不过据说是从英国留学回来的，很优秀。

那天的婚礼很盛大，我们第一次见到这么多当官的，有个副书记还作为证婚人讲话，刘叔叔依然帅气，笔挺的西装穿在他身上，特别气派。

晨姐眯着眼睛笑着，她应该很幸福吧，我想。

听人说，刘叔叔开车的那位领导一路官运亨通，先在本市，后来调到外市做一把手，又回来做一把手，但这么多年，用刘叔叔用惯了，一直没换人。

所以刘叔叔的行情节节升高，寻常的局长区长都看不在他眼里，背地里有人议论过，说一个车上两个领导，开车的领导比坐车的还好用。

有次打球回来，正往家走，忽然有个车追在我屁股后头，嘀嘀地摁喇叭，我一回头，愣住了，是晨姐。

看她穿着长裙，留起了长发，更漂亮了。她早认出了我，故意跟在我后面。

"走啊，小老公，撸串儿去。"

我就跟着晨姐上了车，找了一个路边的摊位撸串儿。

还是一大堆烤肉，一杯啤酒。

"两杯啤酒吧。"我说。

晨姐一愣，摸摸我的头，笑了："对哦，你也长大了。"

"晨姐，你留长发也挺好看。"

"小屁孩，你懂什么？麻烦死了，恨不得一剪刀剪了。"

"那就剪了吧，你短发也好看。"

"能剪就好了，现在老公什么都管着，连我什么发型都要管。"

"今天也就是出来有事，要不连个撸串儿的机会都没有。"

"说明你老公在乎你哈。"

"他，哼，他根本就不在乎我，他只在乎自己，他在乎我，也就是我出去不给他丢脸，在乎我爸的关系。"

我沉默了，那时候的我开始懂点事了。我不知道该说什么，只说："我过完这个暑假就要走了。"

"走吧，走了就别回来了。我也真的想走。"

刘叔叔的领导出事了，我过年回家的时候听到了这个消息，刘叔叔的工作也被隔离审查。

他现在成了瘟神，往日交往的那些朋友都不见了。

老爹叹了一口气，买了点东西，和老妈去看了晨姐妈妈。

他只是个司机，法院判的是受贿罪，不是很重，判了一年零九个月，缓期三年执行，追缴收受的财物并处罚金，原来的房子也被收回去拍卖了。

"幸好你刘叔叔只是个司机，不然……"，"不然"后面的话老爹没说。

刘叔叔出来以后，还回到原来的地方住。这个地方平房改造了，刘叔叔也有一套房子，除了回迁户，还有老街坊。

他人变了很多，头发一下子白了，背也佝偻了，对人谦和了许多，路上看见熟人，都点头哈腰地笑，有看不惯他以前做派的，就故意问："老刘，怎么不开小车了？"

"不开了，开不动了。"刘叔叔就一边讪讪笑着一边慢慢把头别过去。

他的归来让老爹有了个酒友，老哥俩没事又可以坐在一起喝酒。刘叔叔喝到微醺，会开始吹吹牛皮："不管咋说，这辈子算值了，玩也玩了，吃也吃了，现在姑爷马上要提副县了，到底是翻身了。"

日子似乎回复了平静，让所有人没想到的是，晨姐出事了。

晨姐出轨了，她老公把她和一个男人摁在床上，那个男人是个出租车司机。她老公气疯了，正在提副县的关键当口，竟然出了这件事。

这在这个小城市传得沸沸扬扬，据说当时晨姐裹着个被单，看都没看自己老公就走了，再也没回家，连离婚协议都是放在小区物业，晨姐直接就签了字，房子车子一样东西都没要，连过去的衣服鞋都没收拾，晨姐一下子变成了声名狼藉的女人，被扫地出门了。

但晨姐依然打扮得漂漂亮亮，娉娉婷婷地走过街口，丝毫无视众人的目光，雷打不动地接她的是一个出租车司机，据说是她的姘头，每个人提起晨姐，都是指指戳戳，说她毫无廉耻。

刘叔叔一厢情愿化为泡影，气得要死，只能找老爹来喝酒，喝得咬牙切齿，到最后捶胸顿足："我怎么养了个这样的闺女？我给她什么都安排好了，让她把路走成这样，她到底想什么，她对得起我吗？"

刘叔叔不服啊，一辈子要强要面子，娶老婆，开车，嫁女儿，都要冲着体面来，最后面子丢了个光。

这种怨气终于爆发在晨姐头上。

一个深夜，就听见父女俩吵起来了。

"你别再跟他来往了行不行？你不嫌丢人，我还嫌丢人呢。"

"我丢什么人了？我找个正常男人丢什么人？"

"小陶前途无量，你非要对不起他？"

"我对不起他？他三天两头不回家，回到家里就对我横挑鼻子竖挑眼，他前途无量不无量关我啥事？"

"小陶哪点儿不好，啊？要前途有前途，要家庭背景有家庭背景，你还想什么啊？"

"哪点儿不好？你原来没出事的时候，小陶三天两头往家里跑，爸爸长爸爸短地叫着，你出事以后，他屁都不敢放一个，生怕影响他的前程，你说他哪点儿不好？"

"爸爸不争这个，你能过好就行了。"

"他跟我结婚就是图你那时候有靠山，你靠山都倒了，你女儿在他眼里也变成不良资产了，瞧你挑的这好女婿！"

"那你也要顾及名声，出轨算怎么回事？"

"出轨？爸，这不叫出轨，这叫重回正轨，我听你的话，跟姓陶的结婚才叫出轨，我人生的轨道都偏了。"

"爸爸还不是为你好？"

"是为我好，还是为面子还两说呢。爸，咱们又不低人一等，干啥非要找这种家庭的？他们看不起咱们。"晨姐愤愤地说，"看不起我，我就给他戴绿帽子，我这么漂亮，凭什么他看不起我？"

"你这像什么话？"

"人话。"

"好，你不找小陶可以，你找个司机算怎么回事？"

"司机怎么了？你不就是司机？妈妈也没有看不起你。"

"爸爸对不起你妈，爸爸当了一辈子司机还不知道这个的辛苦？这就是个伺候人的活儿，有什么尊严？能给你什么？你看看爸爸，到最后给你妈什么了？"

夜色深沉，刘叔叔开始只是小声地呜咽，后来变成号啕大哭，然后是一家子痛哭。

"你放心吧，我会好好的。咱们小门小户人家，不攀附那个照样也活得体面。"

晨姐说到做到，很快就再婚了，结婚那天，没有请别人，就是街坊和出租车公司的司机，喜车就用的几辆出租车，结婚的地方就在两个烧烤摊，大家占了半条街，不知道的人还以为是出租车司机罢工了。晨姐说了，谁说烤串不能当大席，偏偏今天就让它当主角，大家都说参加了这么多婚礼，晨姐的婚礼最过瘾，把烤串的铁扦子都撸出火星了。

晨姐也不穿婚纱了，就穿着热裤，把自己给嫁了。新郎高高瘦瘦，特别帅气，脸上永远都挂着宽厚的笑，看着晨姐，过来敬酒的时候，我才认出他来，原来是大鹏，这么多年，他一直等着晨姐呢。

怪不得，晨姐要说，她不是出轨，她这是重回正轨。

大学毕业后回家，忽然想撸两串，就到了一个烧烤摊儿，结果看见了刘叔叔，他满头大汗，精神了许多，脖子上骑着一个小男孩儿，正把他支使得团团转。

看见了我，刘叔叔带着炫耀似的抱怨："大热天的，你看看，这么点儿个小东西，就知道使唤人。非得要吃烤串儿，能怎么办？买呗。"

我端详着那个孩子，眉眼像晨姐，笑容很像大鹏。

"俊吧？"

"俊，随您。"

刘叔叔就很得意地笑，把肉串撕碎，放到孩子的嘴里。

STEAMED
CRAB

清蒸梭子蟹

一

快乐

都是别人的，孤寂是自己的。

"吃了吗？"

"没吃。"

柳红很怕在母亲的小区遇到曲奶奶，并不仅仅是曲奶奶翻来覆去就那几句话，更怕的是曲奶奶的口无遮拦。

"怎么不在你妈这儿吃？人一上岁数，都爱吃饭的人多点。"

"我凭什么在我妈这儿吃？"

柳红一出口就后悔了，可她忍不住。

"你怎不住你妈妈这里？"

"没有，我没有在我妈这里住。你真逗，我怎么会在我妈这里住，我有自己的家，有自己的房子，两套，怎么会在我妈妈家里住？"

柳红没想到今天曲奶奶话多,忽然连珠炮似的呛了回去。话说完，柳红自己都尴尬，只能悻悻地拉着女儿走。

柳红从来不在母亲这里吃饭，就算在妈妈这里待得再晚，也不在这儿吃，不光她不在这儿吃，也不让她女儿在这儿吃。

她不想让别人说，她是老闺女，是个嫁不出去的女人。她更怕的是待久了，曲奶奶提起相亲的事。

柳红仓皇地逃离了曲奶奶。

柳红今天去参加同事女儿的婚宴，她原是很怕参加这样的婚宴的，难免会有人问及结婚的事，也有人对她的生活品头论足。

柳红是要强人，至少曾经是。即使现在，在四十岁的女人中还算是保养得相当不错，看起来也就三十出头，她天生就是瓜子脸，是现在最流行的脸型，年轻的时候，柳红也是有名的美女。

现在很多同龄和比她小几岁的女人还是把她的打扮作为穿衣的标杆。

柳红看起来依然风头不减当年。可她知道她不是了，以前那个柳红不会把女儿带过来参加别人的婚宴，随一份礼全家子吃饱了不饿，别人能干，柳红不能干。

但现在她不怕了。一定会带女儿过来，一个人是吃两个人也是吃。她知道，那个跟人较劲儿的柳红，已经颓了。

从带女儿参加别人婚宴起，不对，要强的柳红压根儿是不会有个女儿的。

婚礼很热闹，所有人脸上都洋溢着庸俗的笑，柳红却无力参与这份热闹，像海浪中的一块礁石，看着台上呆板的新郎新娘和滔滔不绝的婚礼主持，忽然一种深入骨髓的疲倦感渗透出来。人这种动物有时候很残酷，他们不管你心里快不快乐，只要他们欢喜，就可着劲儿想让你跟着他们乐，那些笑的人，刚才还不知道经过什么事儿呢，也一样咧着嘴。

快乐都是别人的，孤寂是自己的。

主持人的声音似乎一下子聒噪起来，钻进柳红的耳朵里。她曾经是一个很好的婚礼主持。当年年轻人结婚请到她主持婚礼，算是一件很有面子的事儿。

年轻时候的柳红，不只人漂亮，也算能歌善舞，最擅长的是邓丽君的歌。她是暖瓶厂的厂花，穿着连衣裙，踩着坡跟皮鞋哒哒哒走过厂里的林荫小道，像是踩在全厂青工的心上，所有男人的心都被踩酥了。

因为父亲是暖瓶厂厂长的关系，柳红是仓库库管员，见天都有在仓库门口用各种理由借机找她说两句话的，说柳红是暖瓶厂的公主也不为过。用现在的话说，柳红就是标准的女神，追她的有区长的公子，也有精明能干的暖瓶厂干部，但是柳红谁都看不上，柳红瞄着的是销售业务员杨钧。杨钧是外地人，老家是山西的，后来进的暖瓶厂。

很多人都说，杨钧配不上柳红，杨钧是外地人，老家在农村，很穷，杨钧个子也不高。

但杨钧长得实在是太俊了，眼睛亮亮的，眉毛黑漆漆，收拾得干净利落。多年以后，柳红拿起他仅存的一张照片，还是觉得他很帅。

别人善意地提醒她杨钧的家境，柳红不在意那个：谁能跟钱过一辈子？

"女追男，隔层纱"，这句话生来就是为柳红准备的，柳红跑到杨钧的宿舍给他洗衣服，买好电影票带他看电影，没有男人能扛住女人这么追，何况是柳红。两人好上了，暖瓶厂所有的青年都不服，但都不得不承认，杨钧除了矮点，和柳红很般配，柳红和杨钧走过林荫道，阳光透过树叶在他们脸上跳舞，所有人都说他们是一对金童玉女。

两人谈了一年多的恋爱，终于让柳红老妈知道了，柳红妈妈一听她的对象是个外地穷小子，立刻就坐不住了，冲到杨钧的宿舍给他砸了个稀巴烂，给柳红她爸下了个最后通牒：开除，必须开除。

柳红妈妈那时候目高于顶，暖瓶厂当时效益不错，还是个省优产品，她想让柳红嫁个干部。柳红也是骄纵惯了的性格，娘俩针尖对麦芒，为了杨钧几乎水火不容。

她妈越是要她放弃，柳红越是不放手。

最后还是柳厂长心疼闺女，终于吐了口。柳厂长那时候也是场面上的人，交往的都是省市的大人物，很多人都羡慕杨钧祖坟冒了青烟。

柳红拒绝了一大拨干部子弟，这次一定要风光大嫁，把婚礼搞得体体面面。老柳听女儿的，订了当地最贵的酒店，放着本地的海货不用，亲自跑到山东去买婚宴上用的梭子蟹，没想到，回来的时候出了车祸，司机重伤，坐在副驾驶座的柳厂长死了，他是因为梭子蟹死的。

柳红和她当老师的妈妈赶到医院，只见到冷冰冰的父亲。她恨自己当初太作，恨不得把自己头发揪下来。

但没等她悲伤太久，杨钧说要回山西接父母来办婚事，一去就再也没回来，厂子里的人都说，杨钧看上的是老柳家的权势。

柳红一下子变了，原来要强的柳红完全信了她妈妈。她相亲的对象非富即贵，她想开了，无非就是那点事，干吗不找个有钱的？

然而柳厂长不在了，那些当初追求她的人，门第好的都一下子不见了，她的行情也一路走低，从库管到一线工人，后来又是暖瓶厂改制，柳红妈妈费了老大劲儿，给她安排了个事业单位，这么三蹉跎，两蹉跎，六七年就过去了。

柳红还是那么风光地活着，还做婚礼主持，但就是再也不想结婚。她妈怎么逼她也不管用。

主持惯了婚礼，她更看透了这套仪式的虚伪，对她来说这只是个赚钱的来源。

直到她碰见老陈。

老陈是做钢材生意的，不高，胖，圆，柳红原不该看上他的。那时候柳红无聊，在一个语音软件上唱歌，她有唱歌的底子，学邓丽君学得很像。

老陈的 ID 当时叫"漏网之鱼"，是她最早的粉丝，在语音频道里，也不说话，这让柳红很生气，这人算干吗的，就想踢了他，不过当时人少，就没有踢，好歹算个人场，没舍得踢，后来人渐渐多了，老陈不说话，也就忘了踢了，成了漏网之鱼。

这个漏网之鱼在一个深夜说话了，他忽然私聊柳红："能给我唱个歌吗？"

那天柳红心情不错，就回了他一个："什么歌？"

"《爱的鱼》，还是邓丽君的。"

柳红心里一动，就开始给他唱，越唱，柳红心里忽然越难过，尤其唱到那一句"爱来的时候我温暖比什么更多，当爱去的时候，我痛苦比什么都难过啊"，柳红的心忽然抽了一下。

唱完以后，那边忽然开始打字，打得很慢，絮絮叨叨地聊他的生活、他的生意。柳红不痛苦了，她在网线这边眉毛笑弯了，她扑到床上的毛绒熊上面，看着屏幕上不断出现的字，心里想，这个人……

那一刻，柳红想明白了，她妈说得对，男人都靠不住，老陈这么老实巴交的人不也想出轨？还是钱靠得住。老陈有钱，还喜欢她，这就够了，虽然老陈有家室，有孩子，但这又怎样？既然抓不住人，好歹抓住一个人的钱吧。

那段日子，柳红白天在单位上班，在她妈那里待不下去了，想自己买套房子，怎么算也不够，她看了好多房子，正是房价开始飙升的时候，她连个首付都付不起。

她每天跑得焦头烂额，到处去看房，幸好也不是一无所获，那时候房地产景气，跟着看房，只要戴个看房团的小帽子，就招待你吃饭。柳红开始觉得羞耻，后来就无所谓了，她形象也好，口才也好。还接受过几次采访，面对着镜头，她自信满满滔滔不绝，述说自己有几套房，准备再投资房产，说得她自己都心慌了，暗暗为自己捏了一把汗。

于是更加密集地看房，混饭，也更加密集地焦虑。在熙来攘往的大爷大妈中，在蜂拥而至的红男绿女中，在一份份房地产商的快餐中，柳红觉得自己在飞速地下沉。

忽然她觉得自己这几年太可笑了，就这样浪费了这么多年。她拼命地想抓住什么，想抓住什么？也许是房子吧……但她抓不住。

现在好了，老陈来了。老陈虽然长得不行，却像一束光照进了柳红的生活。老陈长得丑，老陈有家，但柳红也顾不上了。

老陈是真喜欢她的，也算仗义，很快为她买了一处房子，虽然还只是首付，但足够柳红把家里捯饬得有声有色，老陈阅历也有，送了她一套音响，激动得柳红在老陈脸上印了个大嘴唇子印，老陈激动得差点没背过气去。

老陈是个俗人，虽然出身农民阶级，但受"回笼觉，二房妻"这种剥削阶级的思想毒害已久，搂着柳红，他的"二房妻"的愿望算是实现了，尤其还是这么一个如花似玉的美人，啧，还会唱邓丽君。柳红高兴了还洗手做羹汤，给老陈来两个小菜。

有妾如此，夫复何求？

大家都是满意的，只有柳红清早起来的时候，看着老陈沟沟壑壑的脸，还有松弛的肚子像海一样漫开，老陈打着呼噜，呼噜声音不大，特别长，长到有段时间，好像这口气就上不来了，柳红几次看见他这么打呼噜都害怕，但老陈到底还是喘上来了。

老了就是老了，终究还是有些地方不行。但有了房子，她觉得踏实，柳红的妈妈却要气疯了，这个人民教师要了一辈子的强，老了老了倒在女儿这里，她不认，但不认也没有用。

柳红有的是话堵她："你不就是想要个有钱的吗？"她挑衅似的跟妈妈这么说，心里她也是这么想的，她知道，她完了，父亲在，她才有骄纵的资本，父亲不在了，她就彻底向老妈投降了。

柳红到底成了别人嘴里的坏女人。但好在老陈的妻子不知道，没人上她这里闹，别人也不当她面说，不说，柳红就懒得管，当他们不知道，反正有房子呢。

白眼和诽谤在柳红怀女儿那年达到顶峰，柳红顶着压力和日渐明显的肚子，在这个北方城市的雾霾里往返于家和单位。冬天是这个城市最不好忍受的季节，老陈正好也是在这时候忙得不可开交，柳红孤立无助。

但柳红却要感谢冬天，这个城市漫长的冬天，可以让她用臃肿的羽绒服和大衣裹住日渐隆起的肚子，所有爱管闲事的男男女女都只能用犹疑的目光扫过她的腰身，不敢当着面给她难堪。

柳红到底是个要强的女人，她只是在快要生闺女的那一个月才请了假，把女儿生了下来。等老陈从外地回来，女儿已经会咿咿呀呀叫爸爸。

老陈确认是自己闺女后，激动得跟买彩票中了头奖一样。五十多的人还能要孩子，在老陈看来是自己雄风依旧的象征，何况他已经有俩儿子了，儿女双全眼看就是个遥不可及的梦想，柳红很争气，帮他实现了。

要说还是柳红硬气，一个字不说，要是别的女人，早都诉苦诉上了，但柳红就是一句话不说，就是抚摸着女儿的头，说眼睛像爸爸，鼻子像爸爸，说的时候眼睛映着老陈，她越不说，老陈越愧疚，老陈抱着女儿又是愧疚又是激动。

老陈一愧疚一激动，又给女儿买了一套房子，这次是全款，顺手把原来这套房子的贷款还了。这套房子一买，连她母亲都脸色回转了，也作为外婆看了几回外孙女。

这就是柳红两套房子的来历。

这是柳红的依靠，也是她的心病。

柳红有两套房子，跟别人聊天不自觉就提到这两套房子。尤其是说到男人时，柳红的两套房子就随时挂在嘴边，别人说男人不争气，好抽烟，柳红说，还是房子好。

没了爱情，柳红一样活得很滋润。柳红还去看房，抱着襁褓里的女儿去，再去看，柳红看周围的老头儿老太和红男绿女就笃定多了。

但柳红没想到楼市会跌，到女儿上小学的时候，柳红发现一件事，另一套房子很难租出去了，乌泱乌泱的看房团没有了。

更想不到的是，老陈也消失了，楼市不好，钢材生意也不好做，老陈租的货场，也只剩下一垛垛的钢筋，听人说，老陈欠了一屁股债。

柳红傻眼了，她不信，老陈那么喜欢女儿，会丢下她们不管，但她又不能不信，她知道那些债主把老陈的货拉空了。

几年的算计，到头来她只落了两套房子，还替老陈养了个女儿，她不甘，她已经决定好了只为自己而活，现在却要照顾这么个小东西。

但柳红到底是柳红。

所有对生活的不甘最后都转嫁给这个小女孩儿，她逼着她学习，还教她唱歌，她常说的话就是："你要想想你妈不容易，将来出人头地，养活你妈。"

她能想到的出人头地，学习也好，练歌也罢，就是唱歌出名当歌星，她带着女儿找机会演出，参加各种商家搞的歌舞比赛。她等着呢，等着女儿长大，选秀，成歌星。

于是柳红又活得风风火火。

她还有希望。

冗长的婚礼仪式终于结束了，她飞快地抓起两个梭子蟹，放在包里，自己迅速扒拉菜，命令女儿多吃饭，一气呵成。这桌子上的人她不认识，犯不着互相留面子。

吃完以后，柳红找服务员要了几个塑料袋，选了几个喜欢的菜打包。本地的习俗，吃席的客人把席面的菜打包，显得主家阔绰，向来是不禁止的，但像柳红这样吃到一半就这么干的只有上岁数的老人。

柳红不管那些，顶着同席人的白眼拽着女儿走了。

回去伺候女儿洗漱睡觉，柳红打开直播，依旧唱着邓丽君的歌，依旧是那些老粉丝。一直唱到夜色阑珊，柳红才起身，从冰箱里拿出打包的梭子蟹，把一个螃蟹钳子打开，慢慢地吃着，想着从前的事。

吃着吃着就哭了。

只有在自己一个人的时候，她才会吃梭子蟹，当着别人吃，她怕自己忍不住。

终于还是没吃完，柳红把剩下的钳子扔回去，盘子里一只螃蟹还是张牙舞爪，一只没了钳子，看起来很滑稽。

PINEAPPLE BUN

菠萝油

——
改变世界，
哪有那么容易？

庄岩用筷子杵着盘子里的菠萝油，心里几乎喷出火来，如果不是碍于薛宜山的声望，以他的脾气早就拂袖而去。

　　薛宜山却丝毫没有察觉他的怒火，依然故我地啜饮着丝袜奶茶，饶有兴致地准备对付端上桌的菠萝油。

　　薛宜山五十开外，保养得很好，样子看起来只有四十来岁，头发一丝不乱，尤其一双手，保养得如同婴儿的手一般。一身雪白的中式袍褂，这身有几分仙风道骨的打扮尽管与其叼着吸管喝冰奶茶的动作极不协调，但在他做来却十分自然。

　　薛宜山就是有一种从容不迫的气质。冲着这份气质，庄岩才肯在这火烧眉毛的时刻好整以暇地坐下来吃早茶。

　　他的公司现在正是生死存亡的关头，不是为了企业，他是没有空来这里的。

　　他想起推荐薛宜山的那位律师朋友的话："你这问题，只有薛宜山能帮你。"

　　没有办法，薛宜山的规矩就是，无论是谁，无论多紧急的事儿，先陪他吃顿早餐，吃完了，薛宜山才决定听不听你的故事，帮不帮你的忙。

　　他在这个海滨城市的企业界很有些名头，在看到薛宜山之前，庄岩认为他的名头一大半是吹嘘的，这个薛宜山来历有些不明，五年前来到这个城市，没有人知道他的底细，只传闻，他在香港做过很大的生意，不知道什么原因忽然洗手不干，来到这个城市。

开始只是鉴赏书画古玩，兼看风水，曾经指点过几个生意失败的企业主，据说是只要薛宜山指点迷津，寥寥几句，就能起死回生。

对于这样的人，庄岩向来是嗤之以鼻的。放在以往，他作为一个新锐科技公司的老总，年纪轻轻就是一省的青年商界领袖，他相信这种人？打死庄岩都不会信的，更不要说浪费几个钟头跟他在这里消磨时间。

"你也尝尝，这家的菠萝油是最好的，一般的菠萝油的做法是夹一块冷黄油，这家不同，这家是夹蛋，别有一番风味，一定不要错过。"薛宜山饶有兴致地撕着菠萝包，全副精力都用来对付它。

庄岩哪有那个心情，只能心不在焉地应和着，象征性动动筷子。

这也不怪他，庄岩心里急啊，他现在正是融资的关键时刻，他的CTO（首席技术官）忽然准备走人，而且是偷偷瞒着他，这不能不让他绷紧每一根神经。

他公司的整个技术团队有一半都是CTO林清带来的，如果他走了，没有意外的话，很多人都会跟他走。这还不是他最担心的，公司的技术架构已经基本完成，即使他走了，庄岩也有自信找到合适的人才，他本来也一直在想稀释股权，把这个技术呆子的股权份额缩减，将来如无意外，把他踢出去也是题中应有之义。

林清是庄岩大学时代的好友，跟他本来是两个极端。林是学霸，一门心思钻研技术，奖学金拿到手软，庄岩倒是完全不把心思放在技术上，在校期间就一直在琢磨创业的事，是校内有名的互联网商人，他们两个都是校园风云人物，也是一个寝室睡了四年的好兄弟。

但把他踢出创业团队，庄岩没有心理负担。

"大不了给他一笔遣散费。"庄岩心想，"互联网行业不都这么干吗？"

有哪家商业公司会给 CTO 那么大的股权？他毕竟不懂市场，不懂运营，这公司是庄岩两条腿跑出来的，他现在回忆起当初自己像孙子似的四处找投资人拉投资，一个个高校做推广，就是一阵阵后怕，这样的日子他再也不想过了，他过怕了。

如果说创业失败了，林清只要出去，凭他的技术水平，进任何一家企业都没有问题，而他庄岩，就全完了，林清有技术，他庄岩有什么？凭创业的点子吗？这时代最不缺的就是创业的点子，庄岩现在就不断碰到有年轻人告诉他，自己有个改变世界的好创意，走到任何一个咖啡馆里，都能听到邻座的在说互联网思维。

改变世界，哪有那么容易？

为了生存，庄岩必须得狠下心来。但是，踢掉林清是一回事，林清自己走是另一回事，何况，庄岩的布局还没有完成，现在林清走了，人虽走了，他带走的人还是有股权，庄岩等于辛辛苦苦为他们打工。更可怕的还在后头，现在 CTO 出去后，直接带着技术团队像素级复制老东家，把老东家干死的也大有人在，庄岩不知道林清会不会这么干，但他不得不防。

这才是庄岩来找薛宜山的原因。但薛宜山的规矩邪门，看你顺眼才跟你闲聊，先不谈事，先陪他吃顿菠萝包，然后看你顺眼，才让你登堂入室，进他的茶室。事情摊开了讲，这哪是咨询，这简直是算命，庄岩好歹也是留过美的，让他接受这种近乎玄学的行为，已经下了很大的决心。

好容易薛宜山慢条斯理地对付完了菠萝油，终于带庄岩去了他的茶室。

在薛宜山古色古香的茶室里，庄岩几次想抽身而去，尤其是墙上那幅蚯蚓体的"偷得浮生半日闲"更让他看得心里比字体还扭曲，薛宜山明明就是整天这么闲，哪还用偷？自己哪闲得起？

这是个没有互联网基因的城市，这里曾经叱咤风云的人物都是制造业和对外贸易起家的。庄岩如履薄冰，他得时刻盯着北上广深的形势，一步落后，就步步落后，可现在，自己居然还在这里优哉游哉地陪着一个"大师"喝茶。薛宜山哪里像咨询师？想想就觉得荒谬。

"说说吧。"薛宜山抿了一口茶说道。

庄岩如蒙大赦，如竹筒倒豆子一般，把事情原原本本告诉了薛宜山。当然，在他的讲述里，他隐去了自己和林清多年兄弟的关系，把林清描述成一个他从别的公司挖来的技术合伙人，实际上，林清确实是他从国外一家互联网巨头手里挖过来的，在那个公司，林清没有意外，可以留在美国，薪酬是国内七八倍不止。

庄岩不知道自己为什么要这么做，但这么说以后他觉得轻松多了。

说完了他还不放心，又补充了两句：APP就是手机软件，比如微信。他实在拿不准，一副世外高人，似不食人间烟火的薛宜山，到底用不用智能手机。

说完了又有些后悔，他担心薛宜山会因此觉得轻慢了他。

薛宜山却还是一副古井无波的样子："看来，你是有自己的想法了？"

"想法还是有的。"庄岩斟酌着语句，"股权我是肯定不能给他的，

151

我准备好合好散，公司还在上升期，现在还拿不出太多的钱，我准备跟我的技术合伙人签个协议，几年以后，公司做大，给他一笔钱，这样公司没有太大损失，他也得一笔钱。"

薛宜山这点没看错，主意他早就想好了，无非就是求个心理安慰，说服自己，这件事不是他自己做的，是咨询师劝他做的。

"如果他不签呢？"

"不签？"庄岩心里其实早就有了主意，但是他不打算说出来，国内现在已经有两三个市面上的 APP 在模仿庄岩的经营模式，只要找人做点手脚，把其中一家公司跟林清扯上关系，再找一群水军，在微博和几个自媒体上一起造势，弄不好林清还得吃牢饭，当然庄岩不会做得那么难看，他还是会给林清留条后路，只要林清能放弃股权，他也会见好就收。

但是做是一回事，说又是一回事，让他当着薛宜山的面把这种话说出来，他还做不到。

"我已经有办法了。"他只能含糊过去。

幸好薛宜山倒也不追问，一直垂着的眼皮跳了两下，只是捻着一串念珠沉吟不语。捻了大概一个世纪那么久，薛宜山才开口说话。

"给他股权，想办法留住他。"薛宜山的话一改方才的慢条斯理，几乎是斩钉截铁地对庄岩说。

"然后呢？"庄岩一下子愣住了，他没想到看似经历过风云沧桑的薛宜山会给这个答案。

"然后，然后一起把公司做大咯。"薛宜山端起茶盅，慢慢地呷着，"合则两利，分则两败俱伤，兄弟俩开公司，和气才能生财啊，就跟菠萝油一样，就最适合夹蛋，你看别人也都夹黄油，觉得换了也无妨，其实一换，味道就全变了。"

这什么跟什么啊，他到底听没听明白怎么回事？他灌的这些陈年鸡汤有什么用？庄岩心中对薛宜山积攒的那一点敬畏彻底消失了。

若不是庄岩的手机振动起来，他几乎当场就要给薛宜山一个难堪。一打开手机，几十个未接来电蜂拥而至。我这一上午到底干了什么？放着公司一大堆事不去处理，跟这么一个神棍耗了一上午。庄岩不禁苦笑。

庄岩拿着手机出了茶室，顺手给薛宜山的助理付了账，这也是薛宜山的规矩，咨询费不叫咨询费，算是茶钱，透着几分不俗。

哼，都是装神弄鬼。

他决定了，等他处理完林清的事，他要再次登门，好好地把这个"咨询师"羞辱一下。

三天以后，庄岩又来到了茶餐厅，他很得意地要了一份菠萝油、一杯丝袜奶茶，慢慢地吃着，薛宜山对吃的品味不错，这家的菠萝油确实是美味。不过他的商业眼光就不敢恭维了。

庄岩已经做好了万全准备，就等着今天跟林清摊牌，不过在摊牌以前，他要在这里等到薛宜山，再听听这位"大师"的看法，如果他还是那么固执，那么对不起，庄岩要跟他谈谈咨询业务的事，不是他庄岩爱计较，而是自己不能容忍这种低水平的骗子搞乱咨询市场。

薛宜山的习惯是每天早起都要来吃菠萝油的，如果有咨询的客人，会有人陪着，没有的话，他便自己一个人坐在这里，慢慢吃完回去。

但今天，庄岩左等不来，右等不来。莫非病了？

终于，在老板上来收拾东西的时候，庄岩忍不住了，问他："薛先生今天怎么不来？"

老板也是五十来岁年纪，花白头发，看起来比薛宜山老多了，但一副笑呵呵的模样。

"你找薛先生啊，那您明天再来吧。每年只有今天和清明，薛先生肯定不会来的。"

"为什么？"

"没有为什么，不来就是不来，这也是薛先生的规矩。"老板一副高深莫测的样子。

"看样了你跟薛先生很熟？"

"熟倒也谈不上，认识倒是认识好多年了，我是薛先生同乡。"

"虽然是同乡，只怕薛先生的事你也未必都知道吧。"庄岩不动声色地诱这个老板。

"你要是问别人，薛先生的事他们未必知道，可你问我就找对人了。"老板一看就是个健谈的人，被他一激果然就没忍住。

"薛先生跟我一样，都是江门人，薛先生当年是做进口生意的，主要做医疗器械的进口，薛先生本来是学医的，他当时还有一个合伙人姓董，薛先生本来当医生当得好好的，被他撺掇下了海。当时两人好得不得了，薛先生懂业务，这个董先生是个生意精，处世圆滑滴水不漏，那时候两个人买卖做得很大，医疗器械又是暴利……"

"看来这个薛先生也不是没有商业经验的骗子，怎么会说出那样的话？"庄岩思忖着，打断了他，"这跟薛先生今天不来有什么关系。"

"你别着急，薛先生今天不来，正是因为这位董先生。"老板品了口茶继续说，"这个董先生当时看生意好，就起了心思，要把薛先生挤掉，独占这份买卖。"

庄岩心里咯噔一下。

老板没理会他，还是慢悠悠地说:"薛先生当初跟董先生相交莫逆，根本没有防备，就被赶出了公司，还被以行贿的罪名调查了好久。其实医疗器械那个行业，多多少少都要沾一点的。"

"那后来呢?"庄岩捏紧了手里的材料。

"后来，薛先生就来到这里，开了这个茶室，后来慢慢地做咨询。"

"那位董先生呢?"

"董先生就糟了，本来两人合伙做买卖，配合得挺好，后来剩了董先生一个人，就有点顾此失彼，后来被对手几次倾轧，那公司后来就破产了。"

"破产?"

"对，公司破产那天，董先生就找了个高楼跳了下去，就是今天。所以薛先生每年这时候，都要回老家去看看他。"老板叹口气，摇了摇头。

庄岩一下子站起来，脸上阴晴不定，他觉得手里的材料拿着有些烫手。庄岩回到公司让秘书重新整理了一份协议，那是关于股权分配的。他约林清深谈了一次，把协议签了。

签完协议，林清兴奋地说:"庄岩，我到底没有看错你，最近很多人跟我说，现在踢掉合伙人的很多，你也会那么做。我就知道，凭咱俩的交情，你绝对不会这么干的。"

庄岩有些赧然，还是拍着林清的肩膀说:"咱们兄弟，谁跟谁啊? 你听谁说的，我要炒掉你?"

"一个奇鸟公司的 HR。不用理他，他想来挖我，我都没理他。"林清摆摆手。

庄岩却好像被枪击中一般，据他了解，奇鸟公司是国内最大的互联网公司，最擅长的就是把小公司的团队挖走然后复制他们的产品。

他庆幸自己去找了一趟薛宜山。

FRIED
EGG

荷包煎蛋

—
他一点点挪到台阶上，
生活的那道坎他迈不过去，生命这道坎倒是挺容易。

大四毕业的时候，老卢申请了一个美国的学校，不日就要赴美留学，寝室的几个哥们儿都嚷嚷着让老卢请客，老卢带我们去了学校附近很有名的一家湘菜馆喝酒。

　　那天大家从中午喝到下午，大家都喝多了，几乎是互相扶着回的学校，路上经过西三食堂的时候，老卢忽然哇地一下子哭出来了："我想吃西三食堂的荷包煎蛋。"

　　"老卢，你是没吃饱还是咋的？"我们几个头重脚轻，都趁着酒劲儿嘲笑老卢。

　　"老卢，你将来就是美国人了，能不能别这么没出息？"

　　老卢却哭着说："你们不知道，这个食堂的煎蛋，救过我一条命。"

　　我们面面相觑，听老卢说起了他大二时候的一件事。

　　老卢没想到在自己大二下学期搞砸了一切。

　　从教务处出来的时候，老卢觉得自己的脚都是飘的，九月的阳光还很炽热，但老卢觉得自己像是从水里捞出来的一样。

　　老卢一学期挂了七门课，辅导员打电话的时候，他以为自己听错了。上个学期他还是有望冲击一下"三好学生"的存在，现在居然一下子就沦落到了这种地步。

　　从小到大，老卢一直是"别人家的孩子"，他的同学最讨厌的名字就是他的,父母们提到老卢都是一脸艳羡的神色。你瞧瞧人家老卢,你再瞧瞧你,老卢一路顺风顺水,杀进了这个省的最好学校,读的是二十一世纪最好的专业——生命科学。

在这里,老卢碰到了来自各省的优秀考生,庆幸的是,老卢依然是其中优秀的一个。他是没有想到自己会有这一天的,他知道原因。

上学期老卢别的没做,他恋爱了。

一次社团活动,新闻系的一个面目清秀的师妹对老卢展开了追求,老卢开始是受宠若惊,甚至有些抗拒,在老卢的字典里,自己是要贡献给科学的,他的伴侣是要跟他一样志同道合的女科学工作者,是从事业到灵魂都契合的伴侣,而不是这个一笑就露出两个小虎牙,会噘着嘴冲他撒娇的笑容明媚的丫头片子。

但是这个女孩子就这样闯入了他的生活,而且丝毫不惧别人的目光,未经老卢许可就挽着他的手臂,宣称是他的女朋友。

别人惊讶的是老卢这么木讷的人也找到了女朋友,老卢惊讶的是自己这么快就被这个叫婷婷的女孩子动摇了。

总之校园里就这么多了一对情侣,戴着厚厚眼镜的老卢和娇俏可爱的新闻系系花兼才女婷婷,两人频频刷爆校园里所有情侣必去的餐厅、草坪、林荫道,谋杀大家的眼球。

老卢一不小心就成了他们这个和尚班第一个有女朋友的人,他对于这种状态总体还是挺满意的。至于婷婷,他不知道自己是不是真的喜欢,但是婷婷穿着船袜和短裙在他面前蹦跶时,他觉得很舒心。

老卢曾经在中学时代也是有一段恋情的,那时候有个同班的女生跟他互相倾慕,两人几乎形影不离,两人一起上自习,一起去图书馆,两个人的学习成绩也不受影响,老师也乐得不干预这种完全良性的关系。

但是，不幸的是，这段纯纯的感情很快被老卢的妈妈知道了，她气冲冲地跑到了学校，逼着老卢结束了这段关系。老卢还记得他妈妈跑到学校鼻涕一把泪一把地在班主任面前数落他，痛斥老卢辜负了她的信任。

老卢是单亲家庭，上初中的时候，他的父亲出轨，抛下母子俩跟一个女人去了别的城市，这对他妈妈的打击很大。

一个男人，能够为了躲避她，不要自己的孩子家庭和半辈子赚下来的家业，自愿扫地出门，也要坚决跟她离婚，对一个女人的伤害可以说是无与伦比。

老卢妈妈一颗心扑在了老卢身上。她没有别的人生目标了，只有培养老卢，所以她不容老卢有任何过失。

早恋，当然是不允许的。本来就优秀的老卢，在严母的逼迫下，初恋还没有萌芽就夭折了，除了夹在一本书里的纸鹤几乎没有痕迹了。

老卢看起来没有受到任何影响，他的成绩越来越优秀，但也和同学越来越疏远了。

婷婷的出现，打开了老卢长久以来封闭的内心，他原来对妈妈的观点几乎算是接受了。等到他留学回国工作以后，才打算找女友。

但是现在，他却一下子迸发了全部的热情，给婷婷送早点，在女生楼下大声喊婷婷的名字，在下雨天背着婷婷跑过校园，这些在老卢看来自己一辈子都不会做的事情，都为婷婷做了。

婷婷就是有这么一种魔力，能够让人为她神魂颠倒。

但是好景不长，老卢和婷婷的爱情来得太快，去得也很快，一个月之后，婷婷再也不理老卢了，任凭老卢给她打电话，疯了似的去找她，婷婷一概不理，回老卢的只有一句话："分手吧。"

老卢追问她分手的原因，婷婷只有淡淡的一句话："你这人没什么劲，跟你在一起太腻了。"

没等老卢反思自己的行为，婷婷已经火速拿下了校篮球队控卫，还没等老卢惊讶，又踢掉了这位控卫，拿下了本校的辩论赛冠军队主辩。

老卢目瞪口呆的同时，才想起以前的那些传言，婷婷几乎每个月都要换男友的，不知道多少前男友为她疯狂，她就是享受这种感觉。

老卢疯了，他熊熊燃烧的爱情之火就这样又一次被浇灭了。他知道别人说得对，为婷婷伤心划不来，纯粹是自己找虐，但老卢还是忍不住去回忆跟婷婷在一起的瞬间，他一闭上眼就是婷婷，有时候是他中学初恋的那个姑娘。

他彻底没有心思干别的了，连课也很少去上，整个学期就这么荒废下去了，如果不是最后同学硬逼着他去考试，恐怕上学期的十几门课，老卢要全挂红灯。

现在的情况也没有好到哪里去，学院已经建议老卢休学或者退学了。现在，院方为了慎重起见，想跟老卢的家长沟通一下。

提到家长的时候，老卢像是挨了一鞭子似的，浑身打了一个寒噤。家长这个词才真止让他回到现实，面对问题，他想起母亲的眼神，才意识到问题大了。

回一趟家并不难，老卢的家离大学很近，公交也不过是五六站地的工夫，但老卢一直拖到周五晚上最后一班车才回去。

他以为妈妈已经睡了，悄悄地进了屋，谁知刚打开门，母亲就披衣起来了。老卢看着一脸倦容的妈妈，忽然想夺路而逃，他不知道，自己回来要干什么，但他知道，他不能跟母亲说。

"怎么这么晚才回来？吃饭了吗？"妈妈粗糙的手自然地搭在了老卢的额头上，许是看他脸色不好，看没发热，才收了回去。

"吃了。"老卢一天没有吃饭，他也吃不下去。

"学习不能落下，身体也要注意。"

"嗯。"

"上学期成绩怎么样？"

"挺好的。"老卢生半第一次在成绩上说谎，他以为自己会说不出口，没想到很自然地就说出来了，这并没有想的那么难，但他不敢看妈妈的眼神，怕自己脱口坦白。

"那就好，妈妈辛辛苦苦没别的想法，就盼着你争气出人头地，也让你那混蛋爸爸看看，他抛弃咱们娘俩到底亏不亏。"

老卢一下子站起来，嘴唇哆哆嗦嗦，他妈一下子愣住了，停住了自己的絮叨。

"我有点累，明天再说吧。"

老卢近乎逃离似的冲进自己的房间，无边的黑暗包围了他，他缩进被窝里。

老卢和衣睡了一夜，没跟妈妈告别，就去了学校，走的时候什么也没拿，就拿了初恋女友给他的纸鹤。

在宿舍里躺了一天，天黑以后，他爬上了宿舍的楼顶，兜里揣着那只纸鹤，准备结束自己的生命，就此一了百了，就这样吧，他对不起的人够多了，对不起，妈妈，没有给你争气，他想。

他一点点挪到台阶上，生活要是像自杀那么容易就好了，只要往前一跳就一切都结束了，生活的那道坎他迈不过去，生命这道坎倒是挺容易。

清晨的风一吹，老卢才发现有点冷，饿了一整天，他才发现，自己有点饿，站在楼顶的天台上，他有点腿软，他觉得自己不是害怕，他想先吃饭，他不想饿着肚子去死。

他从楼顶下来，奔了西三食堂。吃饱了再死，也许人生不会那么悲惨。

大学的时候，学校里有个清真食堂。

老卢最爱去的就是这个食堂，食堂里有一样招牌菜——煎鸡蛋，鸡蛋是现场煎制，随做随出。

圆圆白白一个鸡蛋，几乎是一般大小，中间微微鼓起，像是十五六岁少女还未发育好的乳房，嗞嗞地冒着青春的气息。煎得也是恰到好处，盖在米饭上，用筷子一捅即破，蛋液流到米饭里，把菜一起打进饭盒，和开了吃，一顿能吃四两饭。

但这样的煎鸡蛋并不是每次都有，有时候排半天队，到前面去，啪一下子盖到碗里的是个煎得焦黄的鸡蛋饼，简直胃口全无。

能煎这个鸡蛋的师傅是个大叔，留着刘德华式的发型，老卢看过他的手法，拈起一个鸡蛋，在一个硕大的铛边一磕，手放到铛里滚热的油面上，大拇指和小拇指翘起来，无名指钳住鸡蛋，食指和中指像掀盖头一样轻轻一掀蛋壳，一个鸡蛋就静悄悄趴在油上，被油轻轻舔着边，正好是个很规则的圆，直到一个个圆把铛铺满。

大叔弄这一手的时候，就是拿着画笔的大师，每一笔都力求完美，出锅的时候还会退后端详一下，有不满意的就会摇摇头，这时候你就有福了，大叔会给你一个完美的作品，搭送一个失败的作品。所以大家都学精了，有这大叔站在窗口才去排队，老卢那时候天天盼着他有失败作品。

老卢最后一餐，想吃他的煎荷包蛋。到了食堂，老卢才发现食堂已经没人了，太晚了，大概员工也要下班了。听到外面有动静，有人探出头来，是那个大叔。

“还有煎蛋吗？”老卢觉得自己问得特别傻。

“有，想吃就有。”大叔施施然出来，打着炉子，往一个饼铛里注满了油。老卢这才意识到他说的有是什么意思。

大叔娴熟地磕鸡蛋，两个手还是那么好看地把鸡蛋壳撬开，把鸡蛋轻巧地放在油上，顺手潇洒地把鸡蛋壳甩进脚下的垃圾桶，气定神闲，一气呵成。

大叔按开刷卡器。

“几个？”

“一个就好。”

大叔皱皱眉，显然是意犹未尽。哐哐又磕了两个鸡蛋放进饼铛里，鼻子里哼了一口气，斜着眼睛霸气地说：“晓得老子的手艺好，算你识货，奖你两个。”

眼睛也不抬，就把三个圆圆白白的鸡蛋放进餐具。

老卢这时候才发现，大叔一只眼睛是坏的，青白色如同一颗玻璃珠，根本没有神采。

吃完那几个鸡蛋，老卢拨通了辅导员的电话：“蒋导，我想把上一学期的几门课重修一下，请你帮着向学院说说。”

那天，我们默默陪老卢进去，一人买了一个煎荷包蛋，轻轻地把蛋白挑破，半流质的蛋黄缓缓地漾，特别鲜。没有什么人，我们就慢慢地吃，大叔依然保持了一贯的高冷，昂着头，看着我们吃，一只眼睛是青白色，好似玻璃球。

STEWED
LIVER

炒肝儿

一

我其实也是这个社会的下脚料，

勉强生活着，那些出入上流社会的想法都是我的错觉。

12TH

"主席"是我大学时一个铺上的同学，叫他"主席"，是因为他的发际线偏高，年纪轻轻发际线已经退缩到了脑袋顶上，天然向后背过去，留着一头很经典的发型。"主席"又天生一副慢条斯理的脾气，说起话来，都带个口头禅"这个嘛"，一板一眼，很有成功人士的派头。

　　"主席"做人也是个有理想的人，特别爱说一句话，我们这些人，将来都是"毕业于名牌大学，出入上流社会"的人。基于这种良好愿望，"主席"对我们这些天天没事闷在寝室打游戏的人痛心疾首，有机会就数落我们几句。

　　不过有派头是一回事，实际上"主席"这个人有个大毛病——特别不爱洗脚，他的尊脚是"一三五不洗，二四六干擦"，星期天？星期天它休息，很有当年我们对台湾金门炮战的风采。

　　对于一个未来要出入上流社会的人，却坚持不洗脚的习惯，我们无法接受，"主席"回复这样的质问，却永远是抠着脚"嘿嘿"，我们拿他一点办法没有。

　　当然我们对"主席"规划的未来图景并不认同，"主席"只能恨铁不成钢自己去教室自习，不过"主席"大概是底子太差，虽然经常自习，但是学习成绩出来，总是不高不低，十分稳定。

　　"主席"是贫困生，来自陕北农村，虽然是北方人，却完全没有北方人的身高，吃起饭来一丁点不剩。跟他吃过两回饭，"主席"都一边吃一边抱怨:"这是个啥?"

"这又是个啥?"

一边夹着菜盯着,在我们以为"主席"要好好研究一下的时候,以迅雷不及掩耳之势丢进嘴里,恶狠狠地嚼两下咽进去,顺手扒拉两口米饭。

"主席"都是一边说着这不好吃,没老家的馍馍好吃,一边把菜里的油星跟最后一点米饭混合,把饭扒拉得干干净净。

他的解释是,虽然不好吃,但不能浪费一粒粮食。他真的是吃饭不浪费一颗粮食,每一个饭粒都要用筷子戳起来,送进嘴里,那神情仿佛在说,我他妈绝对不会输给你。

"主席"几乎没有爱吃的,除了烧大肠,他对这个菜简直是爱之如命,他的生活费少,平时不舍得买,一般实在馋得厉害了才去点一回。

"主席"为了生活,另外还有一堆兼职,平时还向学弟学妹们推销一些劣质收音机和别的生活用品,他虽然不善言辞但面相老实稳重,很能给人信赖感,所以生意很不错。

我们总是嘲笑"主席",说他是奸商,"主席"把这当成是夸奖,就嘿嘿地笑,用手指往后梳着头发,头发油腻腻地贴着头皮,从指缝里洒下一地"雪花"。

大三的时候,他终于自己赚钱买了台二手电脑,成了寝室里最后一个买电脑的人。"主席"很爱惜电脑,不用的时候就用一个蓝布布套套上,很爱惜的样子,我们也对他的电脑不感兴趣。

只有一次,寝室老三的电脑坏了,正好要收一个文件,正好我们几个都在玩魔兽,老三没有办法,只好求助"主席"。

一打开电脑，老三就叫，是我错了！我们以为他把"主席"电脑搞坏了，都围过去看，一看才发现，"主席"的屏保太牛气了，他的屏保是自己做的，底色是白色，上面用红色印刷体打了几个大字，"我在电脑前的每一分钟都对得起我父母"。

　　我们几个一看这屏保，也跟老三一样服了，回去也不好意思玩游戏了，都滚去看书的看书，画图的画图，齐呼屏保也太魔性了。

　　"主席"倒也坦然，他家在西北农村，家里好不容易才供养出这么一个大学生，改变命运的机会全靠他了，由不得他不努力。

　　于是，"主席"在迈向上流社会的道路上一路狂奔，我们继续堕落。

　　"主席"就是这样一个无趣又循规蹈矩的人，我们没想到的是，他居然是寝室里第一个找到女朋友的人。

　　"主席"的女朋友叫小敏，小敏认识"主席"是因为"主席"卖给她收音机。

　　那时候学校考试四级必须要用收音机，考听力用。本来小敏买了"主席"的收音机，两人的交易关系就此结束。

　　但是，千不该万不该，小敏的收音机坏了。"主席"卖的收音机坏了也并不稀奇，那玩意儿本来就不是什么高级货，坏了很正常，坏了就坏了，十几块钱的东西，没有人会拿它当回事，最多骂"主席"一句奸商。

　　巧的是，小敏那收音机坏的时间特殊，是考四级的时候坏的，一般人买了收音机轮不到考四级就坏了，小敏的不知道是厂家良心发现，质量超水平发挥，还是自己保养得特别好，正好考四级那天才坏，小敏的听力一分没得，她本来英语好得很，四级属于闭着眼都能过的。

　　但是我校有个特殊规定，领导特别爱面子，为了捍卫所谓985院校的尊严，提高四级一次通过率，要求大一不能报考四级。本来能千辛万苦挤进这个学校的人，高考完了直接考四级是没有问题的，在大学堕落一年以后反倒未必。

但规定就是规定，小敏就是那种有万千才华无法施展，赌等着大二一出手大杀四方的。然而她的收音机坏了。

这下听力只能靠蒙了。小敏的四级最终还是过了，但她心里那个憋屈啊。

小敏是追求完美的人，她绝不能承认自己会犯这样的错误。考试一出来，小敏气得咬碎银牙，非要找到"主席"这个奸商，谈何容易。

每年迎新的时候，勤工俭学卖收音机的不知道有多少，小敏这样无异于大海捞针。但小敏有办法，她干脆暑假提前半个月来，就盯着迎新卖收音机的。也是活该"主席"倒霉，真让她逮住了。

一般人做这个生意，割一茬儿韭菜也就算了，"主席"因为缺钱，年年割韭菜，他的相貌特征又太过明显，一下子就让小敏认出来了。

小敏记下了他的寝室，拿着收音机就来找"主席"算账。那时候是最闷热的季节，男生寝室都是只穿一条内裤的男生，小敏是湖南女子，泼辣得厉害，就这么不管不顾冲进了我们寝室，身后一片鸡飞狗跳，我们吓得大热天裹着被子躲在床上。

小敏找到"主席"，划出道来，要么"主席"去找学校，承认自己坑蒙拐骗，要么赔钱，"主席"赔偿她精神损失费、补考费、名誉损失费。

"主席"第一条路肯定不愿意走，这是毁了"主席"的大好前程，第二条路，"主席"也走不了，"主席"没钱。"主席"决定给她出第三条路，修。

小敏当然不同意，痛诉自己的委屈，越说越来气，一脚踢在了"主席"刚从家带来的一袋子馍馍上。"主席"的馍馍虽然被他认为是最好吃的，但我吃过，又酸又涩，还特别有韧劲儿。小敏一脚踩在一个馍馍上，一下子滑倒在地上。

小敏当时就委屈得哭了起来，想要站起来，却怎么也站不起来。

场面已经完全失控了，我们三个在被窝里躲着也不敢下来。

"这个嘛，你这可能是脚踝脱臼了，必须得怼上去。"主席"倒是很淡定，还是一副波澜不惊的样子。

"那怎么怼？"小敏知道脱臼，但不知道怎么办，更不知道"主席"说的怼是啥意思。

"这个嘛，我没给人怼过，我在老家放过羊，给羊怼过。"主席"倒是实在，一点儿不带虚的。

"那怎么办？"小敏一听就哭了，"我不会瘸了吧？"

"这个嘛，我可以试试，试试。"主席"一听她哭就有点发虚。

"给。"小敏真的就把纤纤玉足伸过来了。

"主席"蹲在小敏面前，一握住小敏的脚，两人都尴尬了，才想起来，寝室还有我们三人。但"主席"这种善于制造尴尬场面的人，什么尴尬没见过？还是淡定下来，以自己多年给羊接骨头的过硬技术，又揉又捏，给小敏把脚踝怼上了。

完了又把老三的正红花油给小敏搓在脚踝上，不知道是正红花油刺激的还是天太热，小敏就红着脸坐在地上，"主席"淡定地给她搓脚。我们三人大气都不敢出一声伏在被窝里，万籁无声，只有窗外蝉鸣。

在我们仨快捂出来一身痱子之前，"主席"终于背着小敏去了医院。

后来，小敏就成了"主席"的女朋友。有了女朋友之后的"主席"改变了很多卫生习惯，至少脚是天天洗了，不过"主席"一本正经地制造尴尬的本事还是一如既往，要"出入上流社会"的愿望也更强烈了。

我们几个羡慕嫉妒恨，嚷嚷着要"主席"请客，"主席"当然一概不理，只是嘿嘿笑着接受我们的红眼病，把我们的"你配不上小敏""好白菜都让猪拱了"当成耳旁风。

大学四年，最终没有吃到"主席"一顿饭，后来"主席"签了北京的一个设计院，"主席"拎了两件啤酒上去，就着一包油炸花生米，快毕业的我们四个喝了个痛快。

"这就算我请客了啊！"脸喝得通红的"主席"还不忘厚着脸皮宣称。

"又便宜你狗日的了。"我们仨举起茶杯跟他碰在一起。

酒至酣处，"主席"没有了一贯的淡定，拍着桌子喊："狗日的们，你们一定要混出个人样啊。"喊完了就哭。

喝完这顿酒，小敏和"主席"都去了北京。

毕业两年后，我去北京出差，正好寝室老三也要去北京开会，就一起去看看"主席"和小敏。

"主席"在一个设计院，我们找到那地方，"主席"穿得整整齐齐来见我们，鼻子上架了个挺新的眼镜。

"小敏呢？怎么没看见她？"

"主席"没说话，就是咧了咧嘴。

老三已经开始拿"主席"的眼镜开涮。

老三调侃他："'主席'现在真正是毕业于名牌院校，出入上流社会了。这下我们地方人民来看望首都人民，'主席'得表示一下。"

"要不就北京特色吧。"说话的时候，我想的是北京烤鸭。

"主席"很爽快地答应了，我以为以"主席"的抠门总是要挠挠头，"这个嘛……"把话题错开就算完了。

没想到"主席"说："上学的时候你们净请我了，你们到北京了该我尽尽地主之谊。"

"主席"话说得漂亮，听得我跟老三却是面面相觑。

打车的时候，老三怯生生地拉了我几回袖子："我说，这确定是'主席'吧？"

我看着"主席"后退得更高的发际线和更深的皱纹，不太确信地说："大概……是吧。"

"不可能，我这辈子居然赶上'主席'请客了。"

我也不太确定，不过想想士别三日当刮目相看，"主席"毕业这么多年，总不会还是学校里的那个"主席"吧。不过我也不太笃定，想着"主席"大概不会请我们吃"大董"、"全聚德"，最多请我们吃"便宜坊"什么的意思一下就可以了。

老三和我还是准备好跟"主席"AA，"主席"请客这么难得的事情赶上了，不花钱可说不过去。

结果车到吃饭的地方，我们一下子淡定了，果然是北京特色名吃，不过当然不是烤鸭，也不是烤肉，是炒肝儿。

"主席"领我们挤进去，三人一人要了一份炒肝儿，"主席"又端了两盘子包子过来。

老三用勺子舀动着黑乎乎的炒肝儿，仔细研究着："这是啥？"

一说这仨字我笑了，"主席"也笑了，我们恍惚回到了大学食堂。

说实话，炒肝儿一点都不好吃，除了大肠和一点儿猪肝，就是淀粉和蒜末儿。

　　老三是南方人，吃不了这个，捡了一个包子，齁得赶紧找水。

　　"主席'，你这出入上流社会的就请我们吃这个？"老三灌了一气儿水，摇着头说。

　　"主席"没言语，我赶紧打岔："包子还可以，就是咸了点，炒肝儿没啥实在东西。"

　　"不是没啥实在东西，这玩意儿就是各种下脚料嘛。"

　　老三说者无心，"主席"却一下子愣怔了，夹着猪大肠的筷子停在了半空，眼里的泪忽然出来了。

　　老三这才意识到说错话了，赶紧说："我就是随便开个玩笑，你别往心里去。咱们老同学，吃什么都无所谓的。"

　　"主席"一把抹去眼泪："你说得也没错，其实这玩意儿就是下脚料。我其实也是这个社会的下脚料，勉强生活着，那些出入上流社会的想法都是我的错觉，我他妈其实就是这么一碗炒肝儿，就算挂个名小吃的牌子，也是下脚料端上了桌，没吃过的以为还不错，一吃就现原形了。"

　　我跟老三这下尴尬得不得了，不知道该说什么好。

　　但"主席"说完，已经义无反顾地一口把夹着的大肠丢进嘴里，恶狠狠地说："但只要老子上了这个桌，老子就绝不下来。"

　　"主席"说完，稀里哗啦把自己那碗炒肝扒拉进嘴里，跟在大学吃食堂一样，连最后的糊糊都不剩。

　　我跟老三对"主席"肃然起敬，也端起炒肝儿碗碰了一下，"敬我们这些时代的下脚料。"

"'主席'你其实比我们强，你好歹还有小敏呢。"斛住了的老三继续没话找话。

"小敏？我们俩早就分了。""主席"淡定地说。

"为啥啊？"

"我们俩其实到北京不到俩月就分手了，其实你们说得对，我根本就配不上小敏。我那时候在北京，一个月才四千多块钱，我们连个像样的房子都租不起。小敏跟她部长谈恋爱了，部长是上海人，两人一起去了上海。""主席"面无表情地说，好像在说别人的事。

我抬抬手，想安慰一下"主席"，可看看"主席"像岩石一样的脸，最终什么也没说。他这样的人，大概根本就不需要安慰，所有的安慰对他来说都太苍白。

离开北京的时候，"主席"去车站送我们，寒风里，"主席"就那么站着，像一个雕像一样，不说话也不挥手。

我跟老三见"主席"不说话，就进了车厢。

车开动了，忽然听见"主席"嗷地一下子喊了一嗓子："狗日的们，一定要混出个人样啊。"我跟老三赶紧冲到窗口看"主席"，看见"主席"已经转身回去了，墨绿色的羽绒服上一个发际线很高的脑袋，上面几缕头发兀自顽强地立着。

DEEP-FRIED FERMENTED TOFU, XISHI

13TH

臭豆腐西施

—
相濡以沫，
不如相忘于江湖。

我是北方人，大学的时候却跑到南方一个以热闻名的城市上学。

　　最难熬的就是热，这里的天气诡异，两季分明，从四月开始进入夏季，一定要到十一月开始才进入冬季。

　　宿舍楼还是那种旧式的楼房，连隔热层都没有，窗户小得像是鸽子笼，进去以后有种喘不过来气的感觉，更不幸的是，大二那年，我换寝室到了顶层。夏季里寝室是不能待的，床上热得烫屁股。晚上要一遍遍往地板上浇冷水，浇几遍以后等地板干了才敢睡。经常要到午夜两三点钟，才能睡着，我是极嗜睡的一个人，经常顶着黑眼圈去上课，所以有时候上着上着课就睡着了。

　　然而也并没有什么好办法，一度想出去租房子住，但那时候实在太穷了，租金对我来说是负担不起的。实在热得厉害了，就只能去网吧里睡一觉，只有那里能花七八块钱住一通宵，晚上还有空调。

　　一来二去，休息是休息好了，也开始学会上网玩游戏了。

　　我就是在网吧认识的柴哥，柴哥也是北方人，来自鲁西南，与通常的山东大汉形象不同的是，柴哥特别瘦，又瘦又高，像是一根棍儿，还黑，所以大家都叫他柴哥，大概指他长得像根火柴。

　　柴哥年龄并不大，只比我高一届，只是黑了就显老，瘦得脸皮紧贴在骨头上，跟三十多岁的中年男差不多。柴哥是土木系的，他长得很对得起这个专业，又土又木。头发乱得跟鸡窝一样，长期坐在电脑前，保持一个姿势。

他主要玩游戏，玩得很杂，新出来的网游他都能很快上手，网吧里跟他一起冲级的人，用同样的时间，级别会落后他一大截，柴哥通常就在游戏排行榜前几名。

不过只要游戏一到收费阶段，他立刻不玩了，转攻下一个新游戏。

这种人在游戏玩家圈子里，有个花名，叫作"蝗虫"，"蝗虫"在游戏里一般没什么地位，因为玩啥都不精，没有忠诚度，也很难与其他玩家有互动。柴哥不一样，柴哥玩到不想玩了，就把号送出去，经常有人找他要账号，网吧里也有经常找他要的。柴哥好说话，只要一包"白沙"，就会把账号给人，平时没事在游戏里被欺负了，找他帮忙打架，也不会推辞。

所以柴哥在网吧里人气很高，虽然我那时候只是爱玩玩单机游戏，泡泡论坛，对网游不感兴趣，但也知道有这么个人。柴哥几乎像是长在网吧一样，从来不去上课，不知道的以为是社会青年。

有时候柴哥也会不玩游戏，摘下他的黑框眼镜，慢慢地来回踱着，看人玩游戏。全网吧几乎都在玩网络游戏，大多为魔兽和CS，我那时候算个例外，柴哥巡视到我这儿，会多看几眼，不过一直没说过话。

真正开始说话，是在网吧旁边的一家面馆。嗜睡以外，我最大的爱好就是吃。满大街的小吃很多，但大部分吃食都不合胃口。人在年轻的时候都迫不及待地离开家乡，想要离得越远越好，以为可以轻易地喜欢上远方，可常常发现，人的器官都是有记忆的，你在一个陌生的城市，可能连一口吃的都找不到。

不好的东西吃下去，肚子是饱了，但食欲却好像越来越膨胀，越是吃不到，越是想吃。

那时候穷，穷人吃不起别的，只能吃面，特别想吃家乡的面，但在南方找一家符合口味的面馆并不容易，踅摸了一个月，终于让我找到一个山西人开的面馆。

吃过两回，他家的油泼面很对胃口，磨碎的辣子，手擀的白白亮亮的面，浇上五花肉和冬菇切丁打成卤，加上烫熟的青菜和豆芽菜，滴上几滴陈醋，用热油一泼，趁热拌匀了，宽宽的面条上沾着辣子和肉丁，几乎想一口气吞下去。一大碗面只要五块钱，简直无可挑剔了，那老板是个厚道人，看我个子大，有时候还会多扔点面条进去。

找到这个面馆以后，我就不去别的地方吃了，天天上这儿吃这个面。一天不去上网还行，一天不吃这个面就觉得嘴里寡淡，浑身没劲儿。

那个店略有点偏，在一个小巷子里头，客人也少，对于本地人来说，也不喜欢这种筋道的口感，经常到了饭点，店里就俩人，一个我，一个柴哥。我才发现，他跟我有很多共同点，都只点这个油泼面，都很重口味，吃面都要蒜，都很穷，也都很抠。

于是见了面，就点点头，算是打过招呼。

吃得多了，两个人慢慢开始聊起来，我才发现柴哥其实是个挺健谈的人，不是那种话痨的健谈，他说话特别简明扼要，两三句话就能抓住重点，只要你起个头，柴哥马上就能知道你下面想说什么，然后一句话抓住要点。

只要跟他说过话，你就理解了他为什么任何游戏都玩得好，他规划和分解能力很强，说话总带上首先其次，每次我跟他争论起来，他都告诉我"首先你哪里错了，其次应该怎么做"。不幸的是，每次他都是对的。这习惯很不好，让人特别想揍他，这大概是他沉默寡言的一个原因，我想。

除了油泼面以外，他还爱一样小吃——炸臭干子。这个城市的大街小巷都是它的味道，臭烘烘的，把臭豆腐干炸得外焦里嫩，用辣椒酱、酱卤汁、香葱末、蒜末调汁，浇到吱吱响的臭干子上，明晃晃的酱汁裹着黑乎乎的豆腐干，虽然既没有卖相，也难闻得很，吃起来却鲜得想咬掉舌头。

这玩意儿武汉满大街都是，网吧那条胡同里就有七八家，空气里臭烘烘、热辣辣的。

每次闻见，我总会说："这真他妈臭。"

"像屎一样。"柴哥趿拉着人字拖犀利地总结，他总是穿人字拖。

每次说这话的时候，都是我们在往嘴里塞臭干子的时候，每次我都特别想揍他，要不是他瘦得跟棍子似的，怕把他揍折了，我肯定会毫不犹豫揍他。

这助长了柴哥的气焰，他干脆把吃臭干子叫吃屎，后来叫吃翔。

柴哥经常买的那家是家夫妻店，男的是个精精壮壮的车轴汉子，女的是个娇娇怯怯的小媳妇，忽闪着黑黑的眼睛，一笑起来就眯着眼睛看人，脸上现出两个酒窝，鼻子皱皱的很好看。

她虽然黑黑的，黑得像臭干子，却不难看，在网吧玩的，都是大学的学生，又是理工院校，狼多肉少，所以小媳妇就得了个"臭豆腐西施"的雅号。想出这绰号的人挺损，人家其实也不过是稍微黑了点。

她男人虽然看起来一副精明能干的样子，却并不正经忙生意，主要精力用在跟其他摊位的大姐聊骚，要么就去网吧上网，看见他在聊 QQ，用食指一下一下地戳键盘。有次他坐在我旁边，他看见我打字很快，盯着我看了半天，然后拍着我的肩膀称赞："兄弟，你这双手真牛，你一个人侍候七八个娘们儿没问题。"非要缠着跟我学，我讨厌他那样子，就教给他视频聊天。他开始视频聊天，有次我扫了一眼，全是些头发奇形怪状的非主流小姑娘。

只有听到外面西施拖长的声音"炒——面"，他才会一边骂骂咧咧，一边恋恋不舍地丢下电脑，小跑着去炒碗面给客人。臭豆腐西施炸豆腐忙不过来，炒面只能招呼他，他惦记着聊天，经常有人跟他吵架，多半不是盐放多了，就是面没炒熟，心思全不在炒面上，渐渐地去要炒面的也少了，他倒乐得清闲。

生意主要是西施在做，大家都爱去她的摊位，不知道是因为她总带着笑模样，还是确实炸得好吃，她的生意总是最好的。

一忙起来，西施的脸就现出两团红，额头上是细密的汗珠。

柴哥总买臭干子吃，每次都买两份，自己吃一份，顺便给我一份，这让我很惊讶，柴哥跟人一向是账目清清楚楚的，怎么会对我另眼相待。

"柴哥，你捡着钱了？"

"那么多废屁，吃你的吧。"

"这么臭，我怕屎里有毒。"

"不吃给我！"

"吃！"

吃着干子，我看到柴哥有点异样，坐在电脑前，半天不玩游戏，呵呵地傻乐。

有次从网吧通宵出来，我看见柴哥竟站在臭豆腐西施的摊位前，捏着手机脸红红的，小媳妇的男人起得晚，只有她一人在，脸比炸臭豆腐时还红，不停拿手在围裙上来回擦。

我分明听见柴哥在找臭豆腐西施要电话。柴哥一看见我，慌张地把一个纸球团进手里。

回校的路上我问柴哥："手里是啥？"

柴哥被撞破了反而很大方："情书。"

"不是吧。"

"我喜欢她。"

"我操，你屎吃多了吧！她有老公的。"

"我问了。她老公对她并不好，经常打她，我都见过她胳膊上的伤。王八蛋，别让我撞着。"

柴哥忽然特爷们儿特话痨，挥着纤细的拳头，一脚把路上的一个石头踢开。

"你跟她根本就不是一路人，你们好了能干啥，你不上学了？一起卖臭豆腐？"

"再说吧。"我以为听错了，这还是那个爱说"首先其次"的柴哥吗？

"再说？"

"这不重要。"柴哥的口头禅就是"这不重要"，一旦他以"这不重要"结尾，代表话题结束。

"首先，你们在一起就是错的；其次，她老公知道了啥反应你知道吗？"

"她也喜欢我。"柴哥没回答问题，这回破例多说了一句。

我无语，这才发现，柴哥的头发平时跟鸡窝一样，今天梳得一丝不乱。

"我不能让人这么欺负她，我要救她出火坑，我们结婚，生个孩子。"柴哥瘦弱的胳膊在这座南方城市湿漉漉的空气里挥舞着。

柴哥于是见天去买两回臭豆腐干，借机跟西施说说话，柴哥经常找我借钱，给自己充电话费。我发现我陷入一个窘境，实际上我花了数倍的价钱享受了臭豆腐。但我没有办法，爱情就像水痘，总要出过一次的。

柴哥的水痘只要出过一次就好了，不会太长的，我安慰自己。

柴哥给我看过他的短信，大部分是他发的，都是那些肉麻的情话，西施很少回，偶尔回一个，"我喜欢听。"高兴得柴哥直蹦。

直到有一天，我们正在网吧里玩，柴哥坐得离我很近，豆腐西施的男人也在，靠在角落里听见外面喊"炒——面"，那个男人一把摔了耳机，骂骂咧咧地就出去了。他出去的时候，柴哥就瞅了他一眼，盯着他出去。

没一会儿，就听见外面吵架声。柴哥马上坐直了。然后就听见有人在街上喊，打架了，臭豆腐西施挨打了。柴哥噌地一下就蹿出去了。

打西施的是她男人，西施被他一把推在地上。柴哥叫了一声"王八蛋"，嗷地一声就以肉眼不可见的速度冲了上去，拦在西施的面前，脖子梗得老长，指着男人说："不许你打她！"

"我打自己老婆，你他妈管得着吗？"那男人一巴掌抡过去，柴哥嗷地一下子又飞出去，比他冲上去还要快，像是一根筷子被折断那样容易。

男人还要冲过来，被几个在旁边做小吃生意的人拦住了。

那男人嘴里骂得更脏了："好啊，一天不打你你就犯骚了，都会勾引野汉子了。"这是冲着臭豆腐西施去的。她正躲在一个热干面的店面下，蹲在那里，蜷缩成一团，像是一只小猫，眼睛呆呆地望着前面的一块地，不知道在想什么。

我扶起柴哥的时候，柴哥手指头抠着地，指甲缝里都是土，眼睛赤红，肿了半边脸，没肿的半边脸也鼓得老高，我知道，他一定咬着牙。

那天我送柴哥回的学校，柴哥一句话没说。从此柴哥消失了，几乎把网吧当成宿舍的柴哥居然不见了，连着半年，我在网吧再也没见过他。柴哥不来了，我对吃臭豆腐的兴趣也没有了，不再去买。

直到下学期开学，我在玩游戏的时候有人拍我肩膀，我一抬头，是柴哥，不，已经不能叫他柴哥，他胸变宽了，背也厚了，胳膊跟头一般粗。

"我操，你咋了，吃猪饲料了？"

"我进了健身协会，练了几个月。"柴哥淡定地说。

我拍着他的肱二头肌："那你这是干啥？"

"找那浑蛋去，我的女人不能让他欺负。"

柴哥的话让我的血一下子沸腾了，我把耳机一扔："走！"

西施没有出摊。我和柴哥兴冲冲地跑过去找她老公算账，却发现她的摊点根本不在。问旁边卖热干面的大嫂，她说，他们好像出事了，好几天不出来了。

跟别人打听了西施和她男人的住处，找到她家的时候，她男人正拄着拐，西施正喂他吃药。

原来她男人把油锅打翻了，一锅油扣腿上，烫伤了腿。

男人没有了以前飞扬跋扈的神气，见来的人是柴哥，讪讪地笑着，偷偷看西施的脸色，絮絮叨叨地说着自己的腿。柴哥傻了，捏着的拳放下了，他看着西施的眼神，像扔到沙滩上快渴死的鱼。西施却把脸别了过去。

那天，我忘了我们咋回去的。

过了几天，正上着课，我的手机响了，是柴哥。我一接电话，就听见柴哥在那头兴奋地嚷嚷："我们俩说好了，我给她老公把腿治好，她就跟他离婚。"

他声音大得全班都能听见，我捂着听筒问："你他妈钱呢？你哪有钱？"

"我去做家教，我兼职。"我觉得柴哥一定疯了。

柴哥说到做到，真的去打工了，晚上还做一份家教。连课都不上了。反正他本来也不怎么上课。

只要一有钱就拿去给西施。但钱挣得太慢，医药费还差很多。干了几个月，离学期结束还有一个月的时候，柴哥还是没攒够，他就打上了奖学金的主意。

据他说只要得了奖学金，连着进步奖，他差不多就凑够了。我以为他疯了，柴哥真就开始学习了，白天打工，晚上不做家教了，抱着被子和暖水瓶上自习室。

我有几回看见他，他又瘦成了一根柴，一身的肌肉都不见了，黑瘦黑瘦的，就是脸白得跟鬼一样，问他，他说没事，以前通宵也就这样。

到了学期末，最后一门考完的时候，我打柴哥的手机，怎么也打不通，到柴哥寝室去，听寝室的人说，老柴最后一门没考完，休克了，被抬到了医院。

赶到医院的时候，柴哥还在睡，瘦长的身体只占病床的三分之一。柴哥在医院里躺了两天，成绩出来，丫是年级第二，柴哥咂咂嘴，最后一门要写完，就是第一了。辅导员都跑去医院看他，柴哥就提了一个要求，先从学院预支奖学金。

学院破例答应了，大概怕他家里真有啥急事，一时想不开。

医生让柴哥留院观察，那天柴哥偷偷跑出医院，拿着一张银行卡一把拍在了男人面前，苍白得几乎透明的脸有了红晕。

西施跟他说："你先等我两天，我把他送到医院。"过了两天，柴哥怎么也打不通西施的电话。

他再也忍不住了，拉着我要去找西施。那阵是这个城市的冬季，柴哥穿着个薄棉袄，抖得像风中的树叶，他像打摆子一样呓语："她肯定是手机坏了。""她又不会修手机，她连发短信都是我教的。"

西施和她男人消失了。柴哥的脸静得可怕，他非得拉我去喝酒，我怕他出事，就跟着去了。他酒喝得太吓人，直接拿着二锅头往里灌，灌完就撕心裂肺地骂："婊子养的，女人他妈全是婊子养的。"

最后柴哥是我背回他寝室的，他轻得厉害，一点不沉，就是又闹又哭，直到我把他扔床上，还是不消停，掏出手机摔墙上，对着天花板嗷嗷地干号。

眼看快春节了，柴哥还是不回家，我却要回家了，回家前想起那个面馆，去吃一碗油泼面。

一进面馆，那个山西老板就拉住了我，说："你可算来了。那个卖臭豆腐的小媳妇走的时候，让我把这张卡给你那个老来吃面的朋友，我也不知道你们是哪个班的。我说不要吧，她哭得可怜，我心一软就收了。我这生意不好，赶着回家过年，明年就不来了。幸亏你来了，快把这个给他。"

他拿的就是那张柴哥的卡，我接过卡，面都没吃，就往回跑。我跑到柴哥寝室，把卡给他，柴哥从一堆酒瓶子里爬出来，接过银行卡就往窗户外面扔。

我把卡夺过来，柴哥说："你想要就拿去吧。早他妈空了。"我硬把他拽到最近的自助银行，告诉他，要是卡里没钱，他回去喝死我也不管。

柴哥把卡插进去，密码还是原来的密码。钱都在，一分也不少。除了奖学金，还有以前柴哥交给西施的钱，都在。

柴哥发疯似的冲进寝室，把垃圾桶翻了个底朝天，找到了他扔的手机和电话卡。

他看到了西施的短信：找你要钱，就是想让你别玩游戏了。我男人没出息，就是让网吧毁了。你以后也别玩了，你脑子好，前途远大，从一开始我就知道。我没文化，跟你好是拖累你。

柴哥抱着手机哇哇地哭。柴哥后来去问了很多人，都不知道他们老家，只知道是湖南的。柴哥真的没再玩游戏。他本来就聪明，毕业以前，一直没出他们系前三名，他们系辅导员把他塑造成浪子回头的典型，每次都把他拿出来讲。

柴哥毕业的时候，本来能去设计所，但他拒绝了，去了一家游戏公司，那时候游戏公司还不是很火，辅导员劝了他几次，他也没听。

我去送他。柴哥说想去那条街走走，街还在，网吧装修得更好了，人依然很多，山西面馆却没有了，臭豆腐干摊子倒是还那么多。

西施原来的摊位上，是另一个卖臭豆腐的老头儿，一口河南话。柴哥买了两份臭干子，我们俩一边走一边吃。

吃着吃着，柴哥说："这玩意儿真他妈臭！"

"是呀，跟屎一样。"我下意识应着。

一转头，穿着白衬衣的柴哥端着臭干子，已经哭得像条狗。

几年以后的柴哥，成了南方一家大型网络游戏公司的产品经理，经常在风靡一时的游戏上看见他的名字，朋友圈里的柴哥却还是一副"土木"造型，时不时吃个臭豆腐干。

相濡以沫，不如相忘于江湖。爱一个人，并不一定是拥有你，愿你成为更好的你，我愿在一旁静静枯萎，看你肆意绽放。

BEEF RIBS
SOUP

14TH

牛骨汤

—
我这一天的气力有限，
这一锅肉一锅汤，就是我的极限了，这里面能把我对肉
和汤最好的态度贡献给它。

牛德胜对马东辉是很有意见的，从第一次见面起对他的印象就不太好。

牛德胜在小康里胡同东侧开一爿小店，没名没号，面积也小得很，只能容三四张桌子，经营的东西也简单，只卖牛骨汤和烧饼，卤些牛肉，一天只卤一大锅牛肉，一锅牛骨汤。但买卖出奇的好。

老牛五十多岁了，秃头，红脸膛，一说话好像是个铜鼓在敲，他年轻的时候也不是厨子，原来是报社记者，后来忽然不想干了，开了这么一爿店。老牛年轻的时候好吃，开始做记者，一直是省里一家报纸的记者，长期跑外地，也算走南闯北，碰见有可口的菜，必找到厨子，再三请教，求这个菜的做法，想方设法炮制一番，虽不中，亦不远矣。

唯独最好的就是这个卤牛肉。他南北的牛肉都吃过，切得飞薄的灯影牛肉吃过，北京浓郁的酱牛肉也吃过，他的卤牛肉，算不上酱牛肉，也算不上卤牛肉，要说正宗，也说不上正宗，要说不正宗，但南来北往的人都能在里面找到家乡的影子。

所以老牛的牛肉和牛骨汤，慢慢在本省有了些名气。甚至有人驱车几百里，从外地赶来，买上十几斤牛肉回去。老牛的脾气也怪，买卖再好，也不多卤一锅肉，多熬一锅汤。

按他的说法，"我这一天的气力有限，这一锅肉一锅汤，就是我的极限了，这里面能把我对肉和汤最好的态度贡献给它。"

"我要是想着多赚钱，再多卤一锅肉，我就用不了那么多心思了，肉味也不正了，汤味也乱了。"

谈这个的时候，老牛端着一碗热汤，牛筒子骨用四个小时熬的好汤，切上湖北洪湖的莲藕，撒上内蒙的沙葱，牛肉酥烂，莲藕咬一口能拽出丝来，沙葱鲜嫩浓郁，与牛肉汤棋逢对手，老牛的汤南北荟萃，却一点也不违和。闭着眼抿着，在他眼里，这碗汤不是一碗汤，这是他对人生的理解。

因为这个，老牛也不开分店，很多人跑过来找老牛加盟，也有人撺掇着他开分店，每逢这个时候，老牛都是一摆手："他们做不出来我这个味儿。"就给回绝了。

也有聪明的人存着心思，变着法要一份牛骨汤，或者半真半假地来到后厨，偷偷把老牛丢弃的汤料老汤想着办法带出去些，老牛当然知道这些人的心思，但他不忌讳，他的手艺是天南海北吃百家饭学来的，也不藏私，甚至有聊得高兴的，还主动把自己的方子告诉他们。

老牛知道自己的秘方，一个是真材实料，一个是火候的把握，一般做生意，不舍得下好料，现代人忙得很，更没有耐心下功夫伺候一份汤。

所以老牛虽真心传授，也并没有多少人真能复制一锅老牛的牛骨汤，这也让老牛的生意愈加火爆。

老牛天性看得开，别人喜欢他的手艺，他做得更是有滋有味，很多顾客都跟他成了老朋友。可有一样，关系再好，顾客都是自取，这是老牛多年养成的习惯，一直就是他和妻子两个人，人一多，就顾不上了，老牛的妻子原来是一家公司的会计，账目倒是清楚，这些伺候人的营生却是从没有干过的，老牛开店就是图个乐和，舍不得妻子受累，所以干脆就让顾客自取。

马东辉到店里的时候，老牛对他就注意到了。马东辉那天穿着一件黑色的长风衣，他身量很高，虽然看起来不显山露水，但举手投足间，自有一股气势，老牛当了那么多年记者，也算见过一些世面，不过店里生意太忙，他的主要精力在后厨，就没有太过注意。

马东辉每次都要一碗牛骨汤，坐在靠边的一个角落上，待一会儿默默地走了。老牛的店里什么人都有，三教九流无所不包，到了老牛的店里，都变得健谈起来。马东辉却不然，只是背对着大伙儿，面向墙角，似乎根本没有这么一个人。

照例喝汤是要一份饼，把饼泡在热气腾腾的汤里，略带一点酥皮的发面饼子浸饱了汤汁，别有一番风味。

马东辉却跟别人不一样，只要汤不要饼，开始倒也并不惹人注意，时间一长就有些突兀了，收拾桌子的时候，老牛的妻子总发现有一碗汤没动过，就留上了心。

等到马东辉又来的时候，老伴儿一边算着账一边从眼镜框后面瞅着他。眼看着他把汤端过去，坐了一会儿，又眼瞅着他一口没动走了。

老伴儿叫老牛："老牛，你快看，真的一点没动。"

老牛湿着手一看，火儿就上来了："我找他去。"

老牛被老伴儿一把拽住了："你干什么？"

"我问问去。"

"问什么啊，人家也给钱了。"

"那不行，给钱我的汤也不能让他糟践。他得告诉我为啥不喝？"

不好喝可以提意见，真要是提得好，我还就服了，可要是没道理，以后就别进我的店。"老牛就是有这么一股子轴劲儿，他对自己的牛骨汤是很有自信的。

"你先别去，我去看看。"老伴儿硬是摁住了老牛，她怕老牛跟人打起来。

老伴儿晃了一圈儿，才回来，嘴里啧啧地叹着。

"怎么样，他怎么说？"

"你不知道，他太有派头了。开着一辆特别好的车，比我原来公司老总的车还气派。这个人肯定不是一般人，肯定特别有钱。"

"汤呢？他为什么不喝汤？"

"谁还关心你汤的事儿，我没问！"

"没问你去这么久？"老牛气不打一处来，"不行，明天我得自己问。"

"他给你钱不就完了吗？再说，你可别得罪他啊，他这样的人，咱根本得罪不起。"

"我还就不信这个邪了。"老牛嘴上不说，心里早就打定主意了，明天等他一来，一定要找他问个明白，甭管你多有钱，开多好的车，不尊重老牛的手艺，就不行。

老牛第二天早早收拾了一切，眼睛就瞄着门口，等着马东辉来，他总是下午六点多钟的时候来，虽然是饭点，但一般人就少些了。

谁知到点了，那人没来，却来了一个胖女人。这个胖女人老牛见过，原来是建设厅的一个副处长，退休了，总爱来这儿买牛肉，平时挺高冷，不爱跟凡人说话，跟老牛没正经说过一句话，都是拿眼神示意，老牛也不爱搭理这号人，平时是老伴儿接待得多，女人之间有时候搭上一两句。

老牛刚给她包好牛肉，马东辉就进来了。老牛不露声色地把汤给他，准备等他走的时候就拦住他问个究竟。

谁知，这胖女人自马东辉进来眼珠子就在他身上，没动过。他刚一落座，女人就扭着腰肢，坐了他的对面。

"这不东辉吗？怎么？不认识我了？我海兰啊。"女人热络地跟那个男人攀谈起来。直到他起身，女人就没离开过他。

"周六晚上啊，你别忘了，一定啊。"女人一直把男人送上车，还热情地挥挥手，老牛趸摸半大，硬是没找到插嘴的机会。

女人目送他远去，才想起自己牛肉没拿，这才返回店里。老牛的老伴儿忍不住了："这个人你认识啊？"

"他你们都不知道？"这个叫海兰的女人不可思议地看着老牛的老伴儿，提高了声调，顺便周围几个喝汤的群众都被她吸引过来。

不待老伴儿继续问，这个女人就继续说了下去："这是咱们市最大的地产商马东辉啊。"说完就又收住了。

马东辉这个名字好像有股魔力。

"光听说过，没见过真人。""我们小区那房子是他开发的。""听说原来是黑道的。""别瞎说。"老牛夫妇这才觉得自己好像与世隔绝了许久。

女人就这么睥睨着众人，好像海浪中的一块礁石。等声音渐渐小了，才不露声色地说："我在建设厅当处长的时候，他没少往我部门跑。"老牛知道，她其实是建设厅副处长，她不自觉地把那个"副"字丢了。

"你这小店看来还真有些名堂，想不到还藏着这么一尊神仙。你们知道他怎么发的吗？"老牛总觉得，她在"小店"前又藏了一个"破"字。

"那他为啥点了汤又不喝？"

老牛没心思听那些，这才是老牛最关心的问题。

女人不满地也斜了老牛一眼："马东辉这人脾气怪，自打发达以后，都是深居简出，寻常人根本就见不着面，对外应酬，跟政府来往，都是副总出头。他跟一般的地产商不一样，从来也没有听说过他有什么绯闻，也从来没有听说过他身边有什么女人，在省城的房地产界，他这样的算独一份儿。"

"不能吧，他这种身份的人，哪个不是有两个三个的？"

"还真没有，我在地产界的人面也算广了，从来没听说过。自从他前妻死后，就没听说他有过女人。"

"不会是同性恋吧！现在这样的可也不少。"一个年轻人说。

"别瞎说。"海兰副处长忽然勃然大怒，"你们知道什么？我刚才跟他约他周六相亲，把我侄女介绍给他。他要是同性恋，我能给他介绍？"

"跟你们也说不出来什么，要不是我们家老李爱吃这口，我压根儿不来这儿。一群小市民。"

胖女人气哼哼地走了。

"这女人六十来岁，她侄女也就大学刚毕业吧。"老牛忽然说。

"让侄女跟四十多的离异男相亲，也亏她想得出来。"

"这不是有钱吗？"

"有钱人就没几个好东西，我看马东辉也不是什么好玩意儿，以后不卖给他汤了。"老伴儿忽然义愤填膺地说。

还是这个点儿，胖女人又气哼哼地来了。这次也不用眼神了，直接点了半斤牛肉。

　　"气死我了！"胖女人一屁股坐在凳子上，大声地说，"没想到，这个马东辉居然是这样的人。他以为他是什么东西？不过原来就是混黑社会的，居然挑三拣四，我侄女刚研究生毕业，在省电视台工作，他都看不上，真以为有几个臭钱谁都高攀他？我们这样的家庭，还真不一定看得上他呢！"

　　"你知道他为什么总来你这店吗？二十多年前，这个店原来是个国营饭店，他十六岁，跟他老婆相亲就在这儿，那时候他穷得叮当响，什么都点不起，就点了一份牛骨汤，两人分着吃。你说这是不是穷命？结婚以后这马东辉照样不学好，三天两头跟人干架，他媳妇因为他玩牌，深更半夜去找他，被大卡车撞死了，临死前还给他炖了一锅牛骨汤。你说他晦气不晦气？来你这儿摆那碗汤就是祭他老婆。这人八成就是丧门星，他老婆活的时候没享他一天福，死了以后他倒发达了，这样的暴发户，还敢看不起我们。"

　　正说话间，马东辉就进来了，还是一袭黑风衣。胖女人一看他进来，就低下头，不说话了，带着牛肉要走。

　　"站住！"老牛忽然一声暴喝，一把把她的钱掷在她脚底下，夺过自己的牛肉，"以后不卖给你牛肉了。"

　　胖女人脸上的肥肉颤着，歇斯底里地骂道："有病吧！都他妈有病！"店里爆发出一阵哄堂大笑。

　　那以后，在老牛的店儿，每天下午六点半，准有一碗热气腾腾的热汤摆在靠门第二张桌上，那是马东辉的，他是老牛店里唯一享受主动服务的客人。

CHESTNUTS ROASTED IN SAND WITH BROWN SUGAR.

糖炒栗子

一

酒

是一个神奇的东西，人一喝醉，就变得特别仗义。

第一次去内蒙古的时候，余巍是带着很多浪漫情结去的，临走前他跟文雯说，到了草原，给你寄明信片，文雯就像一个小猫似的缩在他怀里。

　　他跟文雯正在谈恋爱，毕业后一起去了文雯老家的城市，两个年轻人的想法很好，毕业工作两年就结婚，没想到的是，文雯的家人坚决反对，反对的理由很简单，余巍太穷了。

　　反对归反对，文雯的家人却也不能阻止文雯和余巍黏在一起，两人的事儿就这么拖着，反正两个年轻人也不着急。

　　余巍能理解文雯的父母，谁家的女儿不是掌上明珠？要怪就怪他家条件差，想到这里，他就更想加倍地对文雯好。

　　余巍在一家建材公司做销售，尽管薪酬并不高，但他很重视自己的工作，这是他娶文雯的唯一希望。每次出差以前，其实余巍都是有些幻想的，幻想着签个几百万的大单子，他这一行有很多传奇。就算是公司那些混吃等死的前辈，跟他说起业务好的时候，也是悠然神往，但那是建筑行业最景气的时候，怪就怪余巍命不好，没赶上好时候，现在不光是不景气，连跑的地方都越来越偏，以前跑大连青岛上海天津，现在都是跑内蒙山西，这没办法，美其名曰开发新市场。跑路就算了，连给跑腿的报销，公司也越来越不爽利。

身边已经有好几个同事辞职了，但余巍不敢辞职，辞职了干什么去？真辞职了，文雯的家人会更看低自己，要娶她更没有希望了。

文雯并不是特别漂亮，但特别高，娉娉婷婷，身段很好看，白净面皮上有几个雀斑，嘴虽然有点大，一笑起来就咧开来，露出两颗小虎牙，她的性格也特别，有点丢三落四。文雯在一家医院当医生，医院里是把好手，做手术也不含糊，但生活上却全靠余巍，一会儿找不着钥匙，一会儿找不着钱包，找余巍，总能找着。

这趟余巍去的是乌海。去内蒙古前，余巍照例是做了好梦的，尽管跑内蒙古的老销售员老马都说，乌海那边不行，市场不成熟，人还懒，你约好了是八点谈生意，他们能给你拖到十一点去，等到十一点去，你就要请他吃饭，一请吃饭，然后就是喝酒，你不喝就跟你唱歌，直唱到你喝为止。

一喝酒就是彻底上了贼船了，什么东北人能喝西北人能喝全是吹牛，到了乌海都不敢扯淡，他们能从上午十一点喝到下午四点。

"喝到这份上，还咋谈生意？"

"喝到这份上，当然就不谈生意了，你早被喝趴下了，运气好你回去蒙头睡到第二天早上，运气不好，直接就进医院了。人家本地人把你往医院一送，晚上接着喝。"

余巍看了咋舌，但是心里是不以为然的，老马这个人走南闯北，经验倒是确实有，但是说起话来满嘴跑火车，不可不信，也不可全信。也就是十句话里信半句的水平。

老马看出来余巍的心不在焉，又不得不强调一句："乌海满大街都是小偷和抢包的，这些人不但坏，还是明目张胆的坏，专欺负外地人。"

"真的？"余巍一下子笑了出来，这种话三岁小孩都不信，还拿出来唬新人，就没什么劲了。余巍知道老马的心理，这趟差本来该是老马出，老马找部门经理推给了余巍，这种明目张胆地欺负新人的行为，老马心里多少也有点过意不去，跟余巍说说话，交交心，算是老同志的一份心意，让他心里好过一点。

老马这人不会说话，为人也不太好，不然不会到了四十多岁，还是在这行跑销售。

"你别不信，悠着点吧，尤其是你，小余。"老马说完，吐了个烟圈，意味深长地看看余巍。余巍明白他的意思，余巍是四川人，生得又瘦又小，说话细声细语，在这个北方城市里，给人感觉性格有点面，实际上余巍也知道自己的毛病，但他就是改不了，这也是他不招文雯家人待见的另一个原因。

老马这么一说，余巍对内蒙的憧憬就更多了，香喷喷的手抓羊肉，骑马的牧民，白色的蒙古包，热情好客的内蒙人，最好的是，签几个大单子。

老马有一点说得很对，乌海人太能喝了，余巍在乌海的几天都是醉醺醺的，几乎是见一个客户就喝，见一个客户就喝，余巍本来酒量是不行的，但也只能硬着头皮顶着。

酒至半酣之时，余巍趁着酒劲问过一个客户，为什么你们内蒙人这么爱喝酒？那个客户哈哈大笑，你们南方人都太精明了，不把你们灌醉了，我们还不是被你们耍着玩？

酒是一个神奇的东西，人一喝醉，就变得特别仗义。有些该签不该签的合同，就这么谈成了。

余巍没想到，他在乌海真的连着签了几个大单。

　　最大的一个单子，是跟当地最大的建筑公司签的，一下子订了他们公司三百多万的管桩，这还是破天荒头一次。

　　余巍入职这么长时间，还从来没有独自搞定过这么大的生意，没想到在这里居然有意外之喜。

　　余巍忙不迭地给部门经理挂了电话，部门经理电话里的口气明显变了："小余啊，我早看出来你是可造之才，这次在内蒙多玩几天，别太着急回来。公司给报销。"能听到一向抠门的部门经理这么许诺，实际价值已经超过了游玩本身。

　　虽然最后还是没忘记提醒余巍，一定先把合同看仔细了，但部门经理总体态度还是让余巍心情大爽。

　　反复检查了合同，跟对方公司法人签字后，余巍心里才一块石头落了地。

　　第一次谈成这么大生意，他自己心里也是七上八下，尤其听说，这家建筑公司的老总其实本来是黑道出身，以前是蒙西黑道上响当当的人物，现在照样是黑白通吃，对这样的人，余巍是不敢掉以轻心的。

　　见到他的时候，余巍更是矮了半截，这位老总满脸横肉，身材更是高大魁梧，自己看了就先怵几分，但出乎余巍意料的是，这个曾经的黑老大，却特别守规矩，对余巍准备的合同简单扫了一下就签了字，而且特别爽快地签了支票。

　　余巍心事已了，痛痛快快在戈壁滩玩了三天，才起程回家。

　　回到公司，把支票往财务一交，余巍一下子成了公司的红人。部门经理三天两头就把余巍夸一顿。老马找余巍聊了几回内蒙的事儿，他背地里也听见老马跟人吹牛，说自己是如何如何指点余巍，才让这小子走了狗屎运。

几个女同事背地里也窃窃私语，看见余巍过来，就拿眼睛瞟着他，不说话，分明是在说他的事。

连文雯家里人都对余巍大幅度改观，招呼他去家里吃了几回饭。

余巍很享受这种状态，不过他更惦记的是提成的事，当初说好了是四个点的提成，三百万的销售额，也有十几万提成，钱是英雄胆，余巍的心里一下子胆气就壮了。

他找部门经理要过几回，部门经理倒是也不含糊，拍着胸脯打了包票，等全部货款一到，立刻就给他发奖金。

虽然知道公司不可能把奖金给这么痛快，但有希望总是好的，万事开头难，有了第一次，以后就有第二笔第三笔奖金，余巍踌躇满志，只要好好干下去就不愁没有出头之日。

余巍盼了两个多月，盼来的不是奖金，是部门经理一顿臭骂："你那批款子到底怎么回事？公司现在把货发过去了，剩下的货款根本就没有打过来。"

余巍嗡地一下子头就大了，好半天才理出头绪。

"经理，不对啊，收款应该是财务的事，发货是仓管部的事，咱们只负责拓展业务，有多少货款发多少货就是了，怎么会货发过去了，货款没有打过来？"

"上面现在让我问你，你让我问谁？"部门经理快五十岁的人了，余巍知道，他一向存的是多一事不如少一事的心态，自己出事了当然不会帮他扛。

"上头到底怎么说的？"

"现在货款没到，上面的意思是，要么你把货款要回来，要么你就辞职走人。"

余巍一听辞职，就跑到财务去了，这几天他不断去问奖金的事，时不时给财务的几个女孩带点零食，跟她们混得挺熟。

他找到一个胖胖的姑娘："小刘，你知道乌海那笔货款怎么没到吗？"

"怎么没到我不知道，我光听说，仓管部已经把货发过去了。"

"我也听说了，到底怎么回事？"

"听我们头儿说，是仓管部的发货主管把货发出去的。"

"那有我什么事，为啥让我背这黑锅？"

女孩撇撇嘴："发货主管是副总的亲戚，就你是外地的呗，人家在会上说你介绍的客户有问题，其实对他们来说，反正公司不是自己的，咱们每年亏几个亿都不怕，亏那点算啥？主要得有人当替罪羊。他不能走，只能你走呗，咱们家族企业就这样，管理不正规，大多数管理者除了拍马屁什么都不会。"

余巍觉得天塌了，公司下了死命令，要么赔钱，要么去把货款要回来，要么开除，赔钱是不可能的，余巍才刚毕业，别说几百万的货款，就是几万他也拿不出来，开除就是失业，余巍同样不能接受，只有去把货款要回来了。只要一想到对方公司那位老大的脸，余巍就心生一股寒意。

明知这次去内蒙是凶多吉少，但余巍不能不去碰碰运气。临走前，他见了文雯，对她说了自己的处境。

"我找你们领导去。"

"没用，我一个外地人，在这里人生地不熟，要当替罪羊只能我当。"

"外地人怎么了，不是还有我吗？我找我爸去，他认识人多。"

"别！你要是找他，我就连做人的尊严都没了。"

"那怎么办？你非要去内蒙讨债？人家敢赖你账肯定是没打算还啊。"

"我总得试试吧。"

余巍看文雯欲言又止，心里一横，终于把想说的话说了："我们分手吧。"

文雯愣了："你疯了？这时候说这个！"

"我说真的。"余巍说："这回去内蒙，十有八九债是要不回来了，你跟我，是没有前途的，别耽误了你。"

文雯一下子被他气哭了。要在平时，余巍早都软话递上去了，但这次他狠了心，起身就走。

文雯看他气急了，说了软话："余巍，钱要不要得回来不要紧，你一定要回来。"

余巍咬咬牙，没说话，头也不回地就走了。

他在火车站候车的时候，被文雯找到了，硬是被文雯夺过包去，往包里塞了些东西。

上车的时候，文雯直挥手："你要是不回来，我就随便找个坏人嫁了。"

余巍想跟她说，我们分手了，但泪唰地一下子就掉了下来，嘴张开却喊不出来，他觉得自己真没用，连分手都分得拖泥带水。

坐了一天的车到了乌海，余巍饭都没吃，就直奔了那家公司。公司的老总倒也敞亮，见了余巍，照样安排酒宴，余巍哪有心情喝酒吃饭，上来就问货款的事。

老总哈哈一笑："你们货是发过来了，我们钱确实只给了订金，可你们把肥肉送上门了，难道我还吐出去？"

余巍一听就急了，可人家就是不急不恼，任你好话说尽，只认准不给钱。

余巍后来又找了几次，这老总压根儿就不见他，只让接待部的经理陪着余巍，还是老一套作风，先找人陪酒，边吃边谈。

余巍哪有心思喝酒，可也没有办法，只能跟他们耗着，眼看时间一天天过去，一分钱都没要到。余巍急火攻心，一下子病倒在了酒店，弄得上吐下泻，又住进了医院，打了三天吊针，还不见好，躺在病床上，眼看着带的钱花得差不多了，余巍更是忧心如焚。

看着明晃晃的窗户，余巍寻短见的心思都有了。已经是秋天了，乌海的树叶早就落光了，更有几分萧条景象。余巍想起文雯，想起她的小虎牙，心里一阵阵地痛，这辈子大概再也不会见着她了。

一想到这，余巍就打开了包，他想看看文雯给自己塞的是什么。一打开，居然是一包糖炒栗子，是文雯最爱吃的，原来上学的时候，余巍总剥给她吃。

栗子中还有一张小纸条，上面是文雯的字：

臭蛋，这次欺负我，就算了，我原谅你，下次注意，等你回来以后剥栗子给我吃。还有，不要让别人欺负你，只能我欺负你。

余巍抱着栗子就哭起来了，把邻床的吓了一跳。哭着，余巍就想起了文雯那句话："你要是不回来，我就随便找个坏人嫁了。"

一想到这，余巍拔了针头就蹦了起来，挂着挂吊瓶的支架就往外跑。

一直跑到了那家公司，余巍冲进了那个黑老大的办公室，几个人想拦他，一看他那副眼里要喷火的样子，就没敢拦。

"今天你必须把货款给老子，不然老子跟你拼命。"余巍拿支架指着老大，两个吊瓶叮叮咣咣直撞。

"你们公司自己失误，合同上写得明白，先款后货，你们先发货，我也没办法。"老大饶有兴味地欣赏着余巍。

"老子不管你那么多，总之我女朋友还等着我娶她，今天谁也别想拦我。"余巍说着就挺起支架冲了过去，宛如一个古代的骑士。

几个人拦住了他，余巍本来病就还没好，一碰他，就倒在了地上，几个人一看，已经面如白纸。

几个人又是掐人中，又是推胸，余巍才缓过来一口气，盯着黑老大说了俩字："还钱。"

老大帮余巍看好了病，货款也如数奉上。等他好了，老板亲自找到余巍，让余巍跟他干，他说，他多少年没见过这么拼命的人了。

余巍拒绝了他，他要回去结婚。回去以后，他从货款里拿了奖金，剩下的钱拍在了老总那里，并提出了辞职。

余巍从公司出来，第一件事是洗了个澡，换了身衣服，走在阳光里，他觉得自己活过来了。他去了趟金店，买了一个超级大的首饰盒，他找到文雯，去向她求婚。文雯打开首饰盒的时候，硕大的首饰盒里，码的是满满的剥好的栗子，那是他在火车上剥好的，由于时间太长，已经缩紧变硬了。

文雯拈了一个扔进嘴里，已经咬不动了，她就含着那颗栗子，

SUREDDED PIG EAR IN CHILI OIL

红油耳丝

一

世上

大概没有真正的无神论者，特别是你孤立无助的时候。

还是很甜。

王家镇兴隆养鸡场鸡饲料这半年里一直被偷，鸡场保安王铁柱又被场长熊了一顿，窝了一肚子火。

场长老宋直接指着他的鼻子骂："王铁柱，这个月再发生一次饲料被偷的事，赶紧给我滚！"王铁柱长得跟个熊一样，拳头比脑袋还大，胆子大，走起路来地动山摇，人送外号王大胆。王铁柱过去在红星机械厂上班，是个八级钳工，指头粗得钢筋一拗就拗成个圈，平时在场里歪戴个制服帽子，最大号的保安制服穿在他身上也小一号，在场子里谁也不敢惹他。现在却被熊得跟耗子似的。

王铁柱挨完训，就让他老婆骑自行车把被子抱到了单位，不抓住小偷，他就不回家睡觉。

王铁柱这几天没日没夜地乱窜，一双牛眼瞪得比他晚上拎着的手电筒还大。不由得他不上心，挨训的事还小，吃饭的事大。他和老婆从红星机械厂下岗后，他好不容易才找了这么一个工作，两口子加一个上初中的娃儿，全家就指着他一个人吃喝拉撒。

说起来这事儿也蹊跷，存鸡饲料的地方，在养鸡场后院，围墙围得严严实实，说是仓库，其实是个露天的棚子，老宋把那块地方垫高，铺上水泥，四面用土坯和砖块垒了两面墙，用石棉瓦盖了个顶棚。

丢饲料的事儿有一阵子了，王铁柱每天下班的时候都跟库管李大锤过过数，回回一袋都不少，过段日子，准丢两袋儿，掐着日子算正好半个月。隔半个月，再丢两袋，不多不少。王铁柱想不明白，这鸡饲料有啥好偷的？无非是点玉米面和谷糠。

真他妈活见鬼了。

王铁柱拎着手电筒，在黑漆漆的后院想，这个念头，忽然让他浑身的毛都奓起来了：不会真他妈是有鬼吧？

王铁柱不信鬼神，他这个王大胆的外号不是白来的。原来在机械厂的时候，有一阵车间总闹鬼，有人恍恍惚惚看见，半夜里车间有鬼火，蓝幽幽的，明一下就灭了，正好原来车间那块地，是过去的坟地，国家支援三线建设的时候，把地给平了，援建了这个机械厂，很多人信以为真，有的胆子小的女工，天一黑就不敢在车间待了。有天王铁柱和几个工友去师傅家喝酒，喝完酒出来憋着解手，正好到了机械厂附近，隔着围栏就看见车间那儿有个火苗儿一闪就灭了，几个同事都说有鬼，吓得尿都憋回去了。王铁柱不信这个邪，他寻思八成是小偷，就摸到了车间。他冲进车间一声大喊，一把把灯拉开，就看到了车间会计的白屁股和提着裤子的车间主任。

第二天，车间主任是肿着脸上班的，王铁柱这个王大胆的名号也传开了。

世上大概没有真正的无神论者，特别是你孤立无助的时候。王铁柱年轻的时候不信鬼神，不过这几年他连连走背字，工作工作下岗，做小买卖小买卖赔钱，他有时候觉得冥冥之中真有鬼神之力。

王铁柱起了这个念头以后，手电筒就捏得有点紧了，这么想想还挺瘆人的。

怕什么来什么。

咚，咚，咚。仓库那边忽然传来声音。"小子，你可算来了。"王铁柱有点兴奋，也有点紧张。但仔细一听，就发现声音不对劲儿了，闷闷的，竟是从地底下传来的。王铁柱魂儿都吓没了，腿肚子直哆嗦。

不会真的有鬼吧？他拿着手电筒想照过去，谁知道，手电筒这时候不争气地灭了。

王铁柱使劲拍着手电筒，可还是弄不亮。王铁柱的心里咯噔一下：有鬼！

咣当。一声响声，还是仓库那里。王铁柱吓得赶紧趴在地上，一动也不敢动。他看见一个黑乎乎的影子从地下钻出来，摇摇晃晃地像是从地上长出来的一样。

鬼，这他妈真的是鬼，王铁柱感到自己要喊出来了，可嗓子里干干的，根本就发不出来声音，这让他更觉得诡异。

不一会儿，又一个黑影从地下钻出来。这下没错了，肯定是了，俩鬼，鬼是组团来的。

两个鬼晃晃悠悠地往仓库走过去，妈的，他们的目标是仓库。

一个鬼背着一袋饲料从仓库出来，一个鬼慢慢地钻进地底下，另一个把饲料往地下一扔，饲料竟也凭空消失了，又一扔，另一袋饲料也消失了。妈的，两袋饲料。

另一个鬼也慢慢地钻回地底下。

王铁柱快哭出来了，太欺负人了！这年头连鬼都欺负人！他原来在机械厂上班，一个月工资六百五十七块八，他老婆开四百九十二块七。现在下岗了，好不容易找个保安的活儿，只开二百三十二块三，还有个闺女在上学，全家就指着他一个人。妈的，还让不让人活了！

他妈的，你这鬼有本事你去偷机械厂厂长家里啊！人家把厂子卖了，吃香的喝辣的。你他妈的根本就不敢。你个臭鬼，你他妈就敢跟我较劲！

王铁柱想着，他想冲过去，但是他还是不敢。

咚咚咚，咣当——后院那里恢复了平静。

王铁柱像兔子一样蹿回保卫室，用被子蒙住头。

第二天，王铁柱找了几个人一起去后院看。果然，仓库里少了两袋饲料。

仓库外面，草丛里，王铁柱发现了一个井盖，旁边的草有拖拽的痕迹。

王铁柱恨不得抽自己几个嘴巴子，狗屁鬼，明明就是俩小偷。他偷偷找人把井盖焊死，狠狠地啐了一口唾沫：让你再偷。

但是对外面，王铁柱没说自己被鬼吓跑的屁事。他逢人就说饲料是鬼偷的，俩鬼，让自己吓跑了，但是咋追也追不上，还是让他们把饲料拿走了。

人人听了他的故事，都挑起大拇指：不愧是王大胆。场长有点将信将疑，不过没说啥，就说下个月要再丢饲料，说啥都不好使。

王铁柱胸脯拍得山响，保证不会丢了。

饲料真的没有再丢过，场长一次性奖励了王铁柱两百块钱。

王铁柱一高兴买了瓶烧酒、两扇猪耳朵，拎着去看自己的师傅左红卫。那是他在机械厂的师傅，手把手教他手艺。说是师傅，其实左红卫就比他大几岁，人憨厚老实，平时就挺照顾他，王铁柱因为捉鬼得罪了车间主任，车间主任没少给他穿小鞋。王铁柱顶喜欢师傅，也挺佩服他。师傅手艺好，原来在机械厂里，几乎每年都是厂里的劳模，人品也好，机械厂不行的时候，工人多多少少都占点厂里的便宜，从厂子里趸摸个扳手、铁皮，倒腾点废铁，他师傅从来没拿过。

现在虽然厂子没了，情分还在。老王家和老左家都是当年三线建设的时候，从东北来到大西南援建的，当时中央一纸调令，王铁柱和左红卫的父亲母亲就戴着狗皮帽子入了关，从风雪飘飘的塞外来到西南边陲，按文化人的说法两家算是世交，工人阶级不讲究这个，但情谊是真的。

师傅跟他能吃到一起去，都好就着这个腊猪耳朵，喝上两杯。师娘手艺不错，尤其红油调得特别好。每次他带着猪耳朵去，总是一边埋怨"怎么又买酒啊？"一边麻利地把东西接过去。师娘是个利索人，把火红的朝天椒研碎，烧上小半锅菜籽油，刺啦一声浇到辣椒碎上，一边浇一边搅，辣椒的香气就出来了，等放凉以后，浇到切成丝的猪耳朵上，撒上芝麻、芫荽，是最好不过的下酒菜，给个神仙都不换。

这段时间忙，他有日子没看师傅了。这次王铁柱让熟食店的老板浇了点红油上去，虽然肯定比不上师娘手艺好，但可让师娘少费点心。

快到师傅家的时候，王铁柱差点掉下水道里摔死。师傅家门口胡同边上的一个井盖只合上一半，王铁柱一脚踩上去，幸亏反应快，要不然人就掉进去了。

真缺德，现在的人素质真低，哪儿都是偷井盖儿的，想起来就来气。

王铁柱一推开师傅家的门，发现家里啥也没有了，床也没了，桌子也没了，墙上只有几张鲜红的奖状，那是师傅过去在厂子里得的。

奖状对面的角落，师傅和师娘穿得整整齐齐躺在墙角的一个铺盖上，像是准备去机械厂上班的样子。

病了？王铁柱顺手摸到师傅的头上，一屁股坐在铺上，师傅没了，那么好的师傅怎么就没了？

王铁柱四处搜寻着，想找出师傅死的原因，他觉出屁股下铺的东西有点不对，王铁柱随手一摸，一下把烧酒和猪耳朵掼在墙上，酒和红油顺着墙流下来，涂在师傅劳模的奖状上。

铺底下，是一叠叠编织袋，赫然印着："希望饲料厂"。

王铁柱穿过城市，回到了自己的家，一路上，他又听到了刘欢的那首歌：

"心若在，梦就在，天地之间还有真爱。看成败，人生豪迈，只不过是从头再来。"

从此以后，王铁柱戒了酒，再也没有吃过一次猪耳朵。

NOODLES IN CASSEROLE

17TH

砂锅面

—

面团儿

像个球似的滚着，滚到哪里，就指手画脚一番。

214

乐城夜市最好吃的就是西北角刘长喜的砂锅面。

同样是手擀面，同样的作料，很多同行半真半假地装作食客也来偷尝过，也偷偷把汤底带回去研究，有的甚至装作攀谈，跟刘长喜说着话，眼睛寸步不离地瞅着刘长喜的动作。

可都没用，明明觉得所有绝招都偷到了，也还是没有刘长喜的砂锅面吃香，夜市上还是刘长喜这里人满为患，大家宁愿排队也不去别处。

刘长喜瘦、黑，其貌不扬，但厨艺上却真是把好手。一般的砂锅面摊，照顾八九个砂锅，一个炒锅，总需要配四五个帮厨，洗菜切菜，擀面，小炒，刘长喜不用，刘长喜只用两个人，一个擀面的女人和一个洗菜的小工，其他的都是自己来，白案红案，凉拌热炒，兼顾着砂锅的下汤，下面，出锅。

一个人忙得叮叮当当，不亦乐乎。

看他做饭是种享受，他枯瘦的手在锅碗瓢盆里穿梭，放下菜刀就拿勺子，扔下勺子又提筷子，看得眼花缭乱，砂锅里咕嘟咕嘟地滚着，一掀锅盖，蒸汽一下子冲出来，一碗热腾腾的面条打到碗里。

砂锅面本来不知是哪里的小吃，前几年南方有人来做生意，把它引进到乐城，有好吃的把它做了改良，面里的内容都变了。

原来的鱼丸海鲜换成了炸排骨、炸酥肉，还有各种炸藕盒、炸茄盒，各种炸货，肥鸡和大骨头熬的高汤把手工擀制的面条煮得柔软服帖，然后出锅前加进各种炸货，依顾客喜好，加进各色蔬菜，一烫即熟，铺在面上。

端上桌以后，大夏天里吃得满头大汗，热气腾腾，再来一瓶冰镇啤酒，最是爽快不过。

面条筋道，汤头醇厚鲜香，青菜爽口，最好吃的是里面的炸货，在高汤里炖得软烂，与汤头和面的滋味若即若离。

一来二去，竟然逐渐取代了小城所有传统的夜宵，所有的排档都经营起了砂锅面。砂锅面甚至成了乐城的象征，周围的几个城市甚至也开起了砂锅面的馆子。

但刘长喜的面摊还是最有名的，甚至有人慕名从别的地方来，只为了吃他一碗面。

砂锅面好吃全在一个汤头上，刘长喜人也固执，只有这一锅汤，什么时候卖完，什么时候就收工，不像别家，看着生意好，就往里兑水。

他的面摊几乎每天出摊，总有几个老头儿要去照顾生意。

那几个老头儿平时就在公园的亭子里唱戏，带着全套的家伙什，唱完了还背着到刘长喜的面摊上来吃面，一人一碗，雷打不动。要是哪天刘长喜不来，几个老头儿也不唱戏，也不吃面。

几个老头儿慢慢地吃，有时候半夜还有人排队，刘长喜也不催。快收摊的时候，他会点起一支烟，跟几个老头儿聊聊天。

那天是个寻常的周五，已经到了夜市散摊的时候，刘长喜一支烟还没有抽完，从街口风风火火杀过来一个女人。

刘长喜一见这个女人就吓得浑身一哆嗦，烟卷儿掉到了汤碗里。

女人白白胖胖，长得跟做手擀面的面团似的，她旁若无人，走到面摊前，一把拉开刘长喜平时放钱的抽屉。

抽屉里的硬币一下子滚了一地。

面团儿一下子怒了："你就这么放家里的钱！多少钱不够你败的！"

刘长喜慌得去捡那些钢镚儿，面团儿也跟他一起捡，一边捡一边骂，刘长喜吓得不敢吭气儿。

面团儿直起腰，继续审视长喜的面摊，看见面案上散落的面粉儿，用手拢着面粉，心疼地咝儿咝儿吸凉气："我不在你糟践了多少东西！"

面团儿像个球似的滚着，滚到哪里，就指手画脚一番。刘长喜僵着半个身子，低着头跟在后面。

"明天让他们不用来了，我和儿子来给你帮忙，还能省点钱。"女人吩咐道。

"不行！"刘长喜一下子支起了腰杆。

"好啊，刘长喜，我早看出来了，你是不是对那擀面条的女人有想法？我早看出来了。"胖女人一下子跳起来了。

"你瞎胡说什么呀？"刘长喜羞了个大红脸，气得浑身哆嗦。

擀面条的女人一看势头不好，敢情这位是老板娘，就转身走了。面团儿仿佛更得势了，像头公牛似的一头撞过来，刘长喜又细又干巴，哪禁得起她那么一撞，一跟头就翻在地上。

那几个唱戏的老头子看闹得不像话，都过来拦住面团儿，七嘴八舌地劝着。

刘长喜这才爬起来，气得身子都哆嗦了，抓起一个碗就要摔。女人瞪了他一眼，刘长喜打了个激灵又放下了，但想想又不是那么回事，又拣了个有豁齿儿的碗，狠了狠心，一闭眼摔在地上。

面团儿哇地一声号出来了，点着刘长喜说："他敢摔碗，他敢摔碗，我要离婚。"又想坐地上号，老头儿们好说歹说，才把她劝住。

刘长喜摔碗以后，气势果然不凡："离婚，谁怕谁。"猛一跺脚，"老子一年几十多万挣着，烟不抽，酒不喝，养着你们娘几个，你还要闹，离，明天就离。"

"长喜，都是气头上，少说两句。"

面团儿一下子呆住了，张着嘴想说什么，终于没说啥，一屁股坐在地上继续干号。

老头儿们终于把面团儿劝回去了。

留着一个老头儿劝刘长喜。

"谁都别劝我，这婚我必须离！"刘长喜梗着脖子喊。

留下的老头儿倒是脾气好，还是和声细语地劝着。老者鹤发童颜，虽然是在这喧闹的夜市上，也把头发梳拢得一丝不乱，身上收拾得干干净净。有人认得的，说是市里京剧团原来的副团长，团里的台柱子。

"长喜，一日夫妻百日恩，还是念着你老婆的好，不看她也看孩子。"

"就是为了孩子我也得跟她离，她跟我有什么恩？没有她，我早就不用干这行了。"刘长喜平日沉默寡言，今天大概是气急了，说起来就没头了，"严叔，我的事别人不知道你还不知道？"

"凭我的手艺，早几年有人跟我合伙开饭店，五五对开啊，人家出钱，我出手艺就行。那时候是市里最火的饭店吧，那买卖多红火？才干了一年多，她天天到饭店闹，说饭店花费大了，给工人工资高了，说赊账太多，收不回来钱。合伙的看着形势不好就撤了，人家的钱我欠了好几年才还上。好，饭店归我经营，怎么样？她还要插手，服务员太年轻要换掉，我听她的，一律现金结算，我听她的，可做菜你还想着偷工减料！我刘长喜手艺再好，人家也不会回头再卖我第二回面子吧。好了，好好的饭店开不了，来干夜市，这砂锅面最早是我琢磨出来的，可这倒好，她又来闹，我倒成了第一家开不下去的。"

刘长喜痛苦地蹲下去，摆摆手："叔，你什么都别说了，不是一回两回了，我受不了了。"

"你也想想你师傅啊。"

老者不说还好，一说刘长喜哇地一下子哭了，喊着："师傅，师傅！"

老者扶起他，坐在旁边的凳子上，继续和声细语地劝，大家从两人的话里，才知道刘长喜和他老婆的故事。

刘长喜的手艺好，是有原因的。

刘长喜当年是市里招待所的大厨，他的一身手艺全是传自他的师傅。

刘长喜的师傅是当年省里支援建设来的大厨，解放前是省城山西会馆的掌勺，曾经给傅作义和冯玉祥都做过饭。

刘长喜的师傅新中国成立前给军阀掌厨，给达官贵人掌厨，新中国成立后手艺也没丢下，给首长和领导掌厨，照样活得滋润。

新中国刚成立时的乐城穷山恶水。说是城，其实并没有城，只有一个乐城集，每月的十五，四周的百姓来这里换些牲口日用。

周边的老百姓祖祖辈辈只知道在土里刨食儿，除了土里长的，所知道能吃的无非是猪牛羊鸡，烹饪方式知道的也就是炖和煮。

虽然河里尽有河虾鲜鱼，山里尽有山珍野味，却不知道弄来吃，只有在三年自然灾害时期，方有人大着胆子，在吃树皮之余，下河摸鱼，上山采菌，也还是拿清水煮了，清汤寡水地吃，就是混个饱肚子，挣条命罢了。

乐城建市是因为煤矿，一个特大煤矿在乐城发现，地质队立刻向毛主席报喜。当时全国经济一盘棋，中央一纸行政令下，山东、河南、山西、东北矿工的都赶赴乐城，一时红旗招展，英雄辈出。

全国各地矿工的到来，也彻底改变了乐城人的口味。

刘长喜的师傅是在煤矿的开工庆典时，专门为宴会掌勺的，参加庆典的有省里部里的主要领导，也有中央的大首长。

庆典完后，中央的大人物感谢服务的同志们，相继跟大家握手，刘长喜的师傅也兴奋地握着大人物的手。

大人物握住大师傅的手没撒，兴之所至，问大师傅："乐城好不好？"大师傅光知道激动了不知道说什么好，旁边慰问演出的京剧团青年演员异口同声地说："好。"

大人物又说："那留在乐城好不好？"大伙儿想都没有想就齐声说："好。"

于是，几个花旦小生因为无意中的两个"好"字，从伟大的首都来到了乐城，从北京人变成了矿区人，刘长喜的师傅也从省城来到了乐城。于是，小小的乐城，有了自己第一个京剧团，也有了自己第一个招待所，刘长喜的师傅成了招待所的第一个大师傅。

刘长喜的师傅傻眼了，但革命工作不分大小，自然也是不能违抗的。刘长喜的师娘是过去当铺掌柜家的小姐，自然是不愿意跟丈夫来乐城这山沟的，跟他离了婚，刘长喜的师傅成了孤家寡人，一个人来了乐城。

刘长喜是师傅捡的，师傅捡到他的时候，刘长喜已经饿得奄奄一息倒在了招待所门口，脖子只剩下细长的筋支棱着脑袋，好像随时会掉下来。他家里那时候就他一个，他的父母和两个姐姐都饿死了。

刘长喜碰到师傅是他命大，从此他跟师傅学徒，吃上了商品粮。那年月，粮食都吃尽了，但是矿上的工人是管够的，专门有规定，下井的工人二两白酒两个鸡蛋是必须供应的。工人招待所更是米面肉油，样样皆有。

刘长喜进了工人招待所，用师傅的话说，就是老鼠进了米缸，有招待任务的时候，刘长喜能混个肚儿圆。但奇怪的是，刘长喜吃再多，也是细细挑挑，一点也不发胖，师傅说，他肚子里有饿虫子，把好东西都吃了。

刘长喜就跟着师傅学徒，说是学徒，其实他才是掌勺。刘长喜的师傅自从来到乐城，就没心思做饭了，每天就是抱着个酒瓶子喝酒，喝醉了就咿呀呀唱歌。

除非有重大任务，才肯出手。但因为手艺好，招待所离不了他，又是中央首长钦点他下来的，谁也说不了他，只能惯着他的毛病。师傅喝酒，就让刘长喜做菜，刘长喜从十来岁起，站起来还没有灶台高，就开始站在板凳上炒菜。

一般干部尝的都是刘长喜的手艺，刘长喜那时候还没有灶台高，就踩着板凳颠大勺。

师傅虽然好酒，但也不藏私，有什么手艺就教给他，把刘长喜调教得刀工是刀工，火候是火候。刘长喜虽然不识什么字，但跟着师傅也算见了世面，饭店的那一套，不光是厨艺，从采购、选材、核算，他都门儿清。

"文化大革命"没多久，师傅去了一趟省城，接回来一个女孩儿，那是师傅的闺女。刘长喜的师娘出身不好，"文化大革命"一开始就挨了斗，没多久就寻了短见。姑娘靠左邻右舍接济生活了半年，师傅找到她的时候，姑娘已经成了吃百家饭的小乞丐，这个姑娘就是后来的面团儿。

姑娘来了没多久，师傅戒了酒，刘长喜给师傅照例炒了俩小菜，师傅讪讪地说："不喝了，姑娘不让喝了，说浪费钱，咱们三人好好过吧。"姑娘一来，刘长喜和师傅的好日子就到头了，她把师傅和刘长喜的粮票和钱都管了起来，一分钱不让动。

姑娘也在招待所帮工，刘长喜的师娘本来是养尊处优的小姐，也是拿不得针拈不得线的人物，姑娘跟师娘倒是没挨饿，可也是做啥啥不行，另外还有一个毛病——抠。

她大概是饿怕了，落下了毛病，看见师徒俩炒菜，心疼得直跺脚，恨不得把油瓶子夺下来。

师傅没事就叹气："将来我老了怎么办？"

然而正当师傅洗心革面准备好好生活的时候，有人贴了他的大字报，师傅解放前黑历史太多，被人说是历史反革命。

有次师傅坐飞机一坐坐了一天，许是师傅喝酒太多，身体太虚，等批斗回来，就站不起来了。师傅临死的时候，叫师娘的名字，说自己对不起她，后来叫不动了，就指着姑娘说："长喜，管她一口饱饭吃。"

师傅走了以后，刘长喜跟姑娘结了婚。

几乎所有人都反对他娶这姑娘——"黑五类"的家庭不能沾，刘长喜不信这个邪，硬是娶了这姑娘。

领导找刘长喜谈好几回话，都没扭过来。

刘长喜八辈子贫农，祖上都是一贫如洗的穷光蛋，没有任何出身问题，小伙子干活又是勤勉实在，更重要的是，他师傅死了，更离不开他了，政府也好，革委会也好，造反派也罢，总得吃炒菜，办席面。

所以刘长喜也是三起三落，几次被审查，但都隔不了一天就放出来，出来还是做他的大厨。

"文革"结束后，工人招待所改成了政府招待所，迎来送往的多了，刘长喜更吃香了。

刘长喜手艺越来越好，挣钱却越来越少，政府独一份的招待所那时候也开始慢慢对外经营，进货、工资都从政府支付，却越来越不景气，招待所成了一个黑洞，政府不断往里扔钱。

为了甩包袱，政府就想把招待所承包出去，政府接待每年结算，工作人员工资不再负担，推向市场。

摆明了是黑洞，谁也不敢接。

刘长喜仔细算了算账，把招待所接了，他老婆知道后跟他大干一架，把门反锁了不给他开门。

所有人都等着看刘长喜的笑话，谁承想刘长喜大干一年，不但没亏，还赚了几千块钱，在那个万元户就被人眼红的年代，其貌不扬的刘长喜一下子成了响当当的人物。

刘长喜的老婆也对他另眼相看。

有人偷偷地暗示刘长喜，虽然招待所是承包的，还是要给政府管事的领导送礼，刘长喜真的听进去了，过年的时候，真个带着点年货去给领导拜年，领导随口问起招待所的经营状况，刘长喜老婆用眼神拦住刘长喜，对那领导说亏了，哭了半天穷。

领导脸一下子沉了下来，说："既然亏了，明年就别承包了。"

刘长喜和他女人一下子傻眼了，女人聪明反被聪明误，过了年，领导真个找人重新拟了合同，把招待所承包给了自己的小舅子。

幸好刘长喜大名在外，那时候没有厨艺学校，有手艺的人凤毛麟角，有很多脑筋活络的人已经看上了餐饮这行，拉着刘长喜合伙儿。

刘长喜跟人合伙儿干饭店，买卖本来也是爆火，但没干几年，他女人总觉得自家吃亏，三番五次地闹，终于把合伙人挤跑了。

轮到她来做，还是老脑筋，一味只知道省钱，又舍不得花钱雇年轻的服务员，只雇了几个中年妇女打杂，又舍不得用好食材，尽拣便宜的买，一来二去，饭店的名声臭了，只能关张。

刘长喜好好的大厨，被她闹的，只能来夜市干大排档。

"我明天一早，拉着她就去离婚，看谁离不开谁！"说到半夜，刘长喜还是气汹汹的，抛下一句话走了。

第二天的夜市，唱完戏的老演员们，又逛到夜市的西北角，"长喜面摊"的横幅依旧挂着，刘长喜消瘦的背影对着食客，只是给他打下手的换了人，是面团儿，他老婆，正焦头烂额地对付一盆碗筷。

老严要了一碗面，悄悄地拽刘长喜的袖子："不离了？"

刘长喜瞄了一眼面团儿："不离了，这婆娘啥都不会，离了我怕她饿死。"

说话间，面团儿手里的碗滑到地上，碎成了瓷片儿。

"轻点儿，轻点儿，你说你会干啥？"刘长喜呵骂着。

"你昨天还摔了个碗呢！"面团儿嘟囔着顶嘴。

"我昨天拣的是有豁口的摔。"

"看把你能的。"面团儿飞了刘长喜一眼。

老严知趣儿地坐下来，呷了一口汤，差点儿没一口喷出来，这汤，变味了。老严摇摇头，还是咽了下去。

自那以后，长喜面摊的面不能吃了，乐城夜市少了一样好吃食。

PORK
STEAMED RICE

夹沙肉

—
大不了一死，
他想起电影里的英雄人物来。

郝强在教室里坐着，屁股像他转的篮球一样转得飞快，李老师在黑板上讲的数学题一道也听不进去。

篮球，要是不转篮球的话，也许不会惹到那几个同学。郝强也不会把带头的吴胜杰的门牙打断。现在他也不会提心吊胆地在教室里坐着。

他怕被班主任张大愣头青叫过去。

张大愣头青当然不是本名，他真名叫张凤云。听起来倒像是一个女性化的名字，但张大愣头青长得一点也不女性化，他好穿一双军警靴式的大头皮鞋，穿着一个墨绿色的夹克，走起路来，叉开大步往前埋着头走，好像体育课上做热身活动时体育老师教的正压腿似的，头被带动得晃来晃去，看起来特别愣，但这并不是他这个外号的真正来源。

郝强可听他的同桌戴博说过，张大愣头青是开发区三小四大恶人之首。这四大恶人都是赫赫有名，最年轻的叫谭立强，绰号"弹力球"，体育老师，擅长以各种变态的体育教学方式折磨学生，他最出名的一次是让一个学生举一个弹力球举了一节课，那个学生的胳膊三天没抬起来，从此以后他得了这么一个绰号。

还有一个叫杨辉，绰号"杨三角"，酷爱体罚学生，曾经用三角板戳一个学生的胸口，被家长找到学校，后来高年级同学知道杨辉三角，就把他叫杨三角。

《天龙八部》里四大恶人里有个叶二娘，开发区三小四大恶人中也有一位女老师，她姓关，叫关岚，绰号"关大高跟"，她无论什么时候，都穿一双高跟鞋。

她脾气急，走起来哒哒直响。只要她上课，不用上课铃响，听见楼道上哒哒的高跟鞋声，孩子们就会乖乖坐好，大气都不敢出。

关大高跟擅长的是以各种恶毒的语言羞辱学生，她是美术老师，经常指定买门口"智慧屋文具店"的画笔颜料，其实那家店就是她家亲戚开的，如果让关大高跟发现你买的东西不对，就会以各种方式羞辱你到生活不能自理。

而张大愣头青之所以能居于四大恶人之首，就在于他的简单粗暴和花样翻新，张老师对犯错误的学生就是一个字：怼。他曾经让一个上课说话的学生含着粉笔头，含过一节课，也曾经让一个学生头顶放一本书，膝盖中间夹着一本书半蹲半站了一节课，他最有名的一次是，把一个跟他顶嘴的孩子，一脚踹到墙上。

不知道这次，张大愣头青会怎么炮制自己。

郝强不属于这个学校，他真不该转到这个小学来。开发区三小的乱是出名的，开发区没建设以前叫大王庄，三小是这里唯一的小学，叫大王庄小学。那时候学校就有体罚的风气。

开发区建成以后，这里还是一座空荡荡的城市，晚上连个居民都没有，被媒体爆出来，说是"鬼城"。

那时候，新来的市委书记一声令下，要求市政府的各大机关，必须搬迁，开发区才有了城市的样子。但机关来了，家属也来了，那些上学的孩子也来了，这才发现一个问题，学校严重不足，于是政府匆匆搬过来两所小学，再把大王庄小学扩建成开发区三小，才紧急搭了一个基础教育体系。

大王庄村小摇身一变成了开发区三小，但由于先天不足，只能靠严厉管教苦苦追赶另外两个小学的成绩。但因为几个优秀中学的搬迁，开发区成了教育重地，三小也跟着沾光。

几年下来，倒也让它追个八九不离十，三小也成了不大不小的一个名校，虽然赶不上一小二小，也是声名鹊起，但是爱体罚学生的毛病还是积重难返。

因为地理优势，吸引了不少老师，教学成绩好，反而掩盖了这个问题，而且愈演愈烈。

开发区三小的学生鱼龙混杂，政府机关的一般上一小，有点社会地位的也能上一小，要么上二小，这两个学校上不了的就只能上三小，要不然只能上民办小学。这造成一个后果，三小的生源质量不上不下，却也乱了许多。

上三小的学生的家长，大概有四种人，一种是上不了一小二小的边缘政府部门工作人员；一种是大王庄原来的村民，因为拆迁发了笔小财，这些人转成了城市居民，靠着村里的门面房租金分红，整日游手好闲，但对三小的老师倒是保留着尊重，他们对孩子的观点是，送到了学校随便打随便教，棒打出孝子；一种是普通市民子女，他们只是正好在三小的学区，上了三小；最后一种，就是想让孩子上好中学的其他学区的家长们，千方百计从别处托关系进来的，把孩子送到三小上学。

三小的老师对这四类学生也是明显不同。对机关子弟态度最好，

228

投入精力最多，因为这些孩子父母有点地位，考试成绩也最好，老师也高看三分；对第二种人，老师是打也不是骂也不是，这些孩子家里都是靠拆迁致富的土豪，一点委屈不受，别说是老师打骂了，平时还变着法找老师麻烦；对于第三种，老师们则是动辄呵斥，但很少动手；真正体罚得多就是第四种孩子，姥姥不疼舅舅不爱，因为本来就不该在这学区上学，都是花了钱托了关系进来的，生怕万一被人举报，耽误孩子前程，家长都是极力讨好校方和老师。

学校里的孩子们更是有样学样，互相拉帮结伙，也大概分成四伙人，有些不好好学习的孩子，互相之间劫钱，扇耳光。学校对这些不闻不问，只抓好能上名牌中学的孩子的学习，其他只要不出大事都一概不理。

郝强的问题是哪儿都不靠。他爸爸郝大强原来是一个县城饭店的大厨，招牌手艺是夹沙肉，夹沙肉跟扣肉一个做法，不同的是，它是甜口，肉之间夹的是豆沙和糯米饭，蒸出来软烂甜糯，咬一口满嘴生香，鲜甜可口，舌头都能咬下来，靠着这道菜，他爸爸在县城小有名气。

郝强在县城小学读书，成绩不错，郝大厨对他就有了一点期待，可惜县城小学那里老师老的老，年轻的年轻，都无心教学，郝大强看这也不是办法，正好市里法院的机关食堂招聘厨师，郝大强放弃了薪资，进了法院的机关食堂，又一咬牙花了所有积蓄买了套学区房，拜托了领导的关系上了城里的小学。

本来是冲着二小去的，可二小的校长打死不开这个口子，说农村的孩子基础太差，影响教学质量，郝大强好话说尽，也是打死不收，没有办法，来到了三小，就这还被逼着留了一级。

郝强是不愿意来这儿上学的，三小的名声在外，连他都有所耳闻，再说他觉得在县城挺好，有好多小朋友，他怕人家欺生。

他跟自己最好的朋友小五告别："我要去三小上学了。"

小五不理解："为啥？"

郝强说："我爸想让我去城里上学。"

小五说："你去那做啥子？在这不也是上学？"

郝强说："那里老师好。"

小五就问："不去不行吗？"

郝强想了想说："不行，我家里把房子都卖了。"

小五就说："那别人打你咋办？"

郝强跟小五原来也打过架，小五个儿矮，但比他手快，小五也打过他，不过后来两人就和好了，成了好朋友。小五这么说，郝强觉得心头一暖，他不知道咋回答小五。

小五想了想说："别人打你，你就跑，跑回来我去帮你打，咱们两个打他一个。"

郝强没有告诉小五，郝大强跟他说了，到了新学校就要一门心思学习，不能打架不能贪玩。要不然就是对不起家里。

他现在最想的人就是小五，小五在肯定不会吃亏，但他知道，他不可能去找小五，市里到县城得坐半天车，到村里还得再倒车。小五来了，也解决不了他的问题，他能对付得了这些同学，还能打老师？

从上三小第一天，郝强就能感觉到别人对他的注视。老师上学第一天，就把郝强家里祖孙三代家庭背景调查了个底朝天。他记得当时张大愣头青看他的表情，张老师的眼神里都是蔑视。

是啊，父母当官的同学能给老师行个方便，有钱的同学能给老师送礼，郝大强只是个厨子，打交道的是锅碗瓢盆，会做的是煎炸熘炒，能给老师帮什么忙？

郝强呢，原来根本就不知道教师节要给老师礼物，到这里才知道要给老师送礼。他自己用硬纸盒做了一个卡片送给张老师。

教师节那天，他忐忑不安地到张老师办公室去，把卡片交给他，张老师正跟一个女老师说话，用两个指头捏过来，脸上一下子就挂了霜，手一抖，贺卡就像愤怒的小鸟一样划了一道弧线，撞到墙上，不甘心地掉到桌上一堆礼物当中。

这些礼物里，郝强发现有皮鞋，有腰带，有衬衣，张大愣头青像君王一样俯视着他，嘴角挂着轻蔑的笑。

这是郝强唯一一次进张大愣头青的办公室，从此以后，他再也不敢进他的办公室。甚至上课，他也躲着张老师，只要接触到张老师的眼神，他都立刻躲开。张大愣头青教的是语文，本来郝强的语文成绩是最好的，结果这下倒好，语文一落千丈不说，张大愣头青对他也是越来越不满。

这样就成了一个恶性循环，郝强更不敢看张大愣头青了，越成绩不好，越害怕，越害怕，越成绩不好。

张大愣头青又是班主任，连带着其他几门课老师对他的印象都大打折扣，提起郝强来都是撇撇嘴，"到底是农村来的，智商还是不行。"他们说起来毫无顾忌，郝强心里却像戳了把刀子，学习成绩更受影响。

郝强不敢跟郝大强说，郝大强为了他的学习付出太多了，他倒不是怕郝大强骂他，是觉得对不起他，也对不起自己，转学也转了，留级也留了，成绩反而，越来越差了。

他想过，自己可能就是不适应三小的环境，回去县城上学就好了，但这话他不能跟郝大强说，那太辜负郝大强了。

郝大强每天白天在食堂工作，晚上了还经营个烧烤摊，还得给他洗衣服做饭，挺难为他的。

郝大强和郝强这父子俩命苦，郝强上小学三年级的时候，他们家那时候还在开饭馆，后来妈妈就得了病，总是说胃疼，去了几次医院，一直是当胃病治，郝大强一直说带妻子上大医院看，一直没空，后来诊断出来是胰腺癌，已经扩散了。

妈妈死了以后，郝大强把店盘了出去，去给别人饭店打工。又当爹又当妈，很是辛苦。

平时郝大强对自己抠门得很，一点不舍得给自己花钱，永远是一件带油点的蓝夹克，却把郝强收拾得挺利索，李宁的运动鞋、运动裤，一点也不比别的孩子差。

郝大强自己原来还一直用一个老款的诺基亚手机，后来，到了市里，因为老师建了家长群，平时通报孩子上学的情况什么的，他才换了一个中兴，收收群里信息什么的。

郝强偷偷玩过郝大强的手机，看过家长的微信群，那个群里家长都大声不敢出，老师放个屁比什么都香，都在拼命拍老师马屁，有些女老师还爱放个砍价的消息出来，家长们就争着帮砍价，还有的老师干脆就做微商，忽悠着家长们买，郝大强好几次也准备买，被郝强说回去了："郝大强，你辛辛苦苦赚几个钱容易吗？你去跟人家家长一样买那个？"

自从妈妈死后，郝强从来没叫过郝大强爸爸，不知道是因为他进入了青春期还是恨郝大强，少了妈妈这个缓冲带，父子两人交流起来总是硬邦邦的。

郝大强有时候挺听郝强的话，他没受过啥教育，觉得儿子说的话都有道理。但郝强偷偷看过，有时候郝大强也偷偷买回来，怕儿子看见，藏在柜子里。郝强恨极了，恨这些老师，但也不敢去找他们，只能冲郝大强发脾气，郝大强就讪讪地笑。

郝强有时候想，要不干脆就别上学了，跟他爸一起开店，还能早点赚钱，也不受这些老师的气。但他只要一露出这个念头，郝大强就换了一副颜色，牛脾气一下子就上来了，牛眼一瞪，把头摇得跟电风扇似的。

郝强怎么敢跟郝大强说，自己怕张大愣头青怕得要命，不敢上学？有时候郝强挺恨郝大强，恨他没本事，恨他窝囊，别的同学，仗着家里，老师都不敢给脸色看，郝强却要受这种气。

想到下课后就要去见张大愣头青，他就不寒而栗。

他有点后悔，不该跟那几个孩子打架，他们平时就在学校里拉帮结派，估计早就盯上了郝强。郝强个子挺高，又在三小没有根基，所以非常扎眼。

他们找了好几次茬儿，郝强都没有理他们，倒不是说郝强打不过他们，是他不敢打架，一打架就要叫家长，让郝大强知道自己跟人打架肯定会难受，再说他怕郝大强跟张大愣头青见面，郝大强肯定得替他挨熊。

所以郝强平时就躲着这帮人，那天是实在没躲过去，中午吃饭的时候，几个人围住了郝强，让他给他们刷卡。

本来那个点，该是老师吃饭的时间，原来三小给教师有个福利，老师可以在学生食堂吃饭，算是对老师的一点照顾，大部分老师都在食堂吃，但这是不符合规定的，后来就把这个取消了。

那天正好是实行食堂新规定的第一天，郝强哪里知道这些事，平时他都留心提防那帮人，这次没留神，被他们围住了。郝强当时就急了，一饭盆扣在了带头的张亮亮头上。

郝强知道，该来的总会来。

别的家长都只要找老师求求情也就大事化小，小事化了了，但郝强知道，郝大强肯定指望不上，他能给张大愣头青什么？以张大愣头青炮制学生的手段，不管是直接上手揍还是别的折磨手法，肯定会让郝强吃不少苦头。

下课了，郝强叹了口气，大义凛然地向办公室走去。他想好了，打死也不叫家长。他要揍自己就挺着，大不了一死，他想起电影里的英雄人物来。

推开门，张大愣头青的办公桌在最里面，他原来去过，但他看不清里面。几个老师在抱着膀子闲聊，一个烫着头发的女老师说："校长真缺德，教师不准用餐，中午还得现回家做饭，上一天课，哪有时间？"

一个穿高跟鞋的老师正拿着手机，摆出爵士舞的姿势，虚抱着好像在练舞蹈。

郝强鼓足勇气，怯生生地叫了声："张老师在吗？"

没人听见，谁都没有注意这个声音，郝强觉得烫头发老师的话语声，高跟鞋老师的音乐声都特别嘈杂，钻到他耳朵里，他好不容易鼓起来的勇气，好像一下子被抽离了。

像是一只斗鸡，雄赳赳气昂昂冲进一个斗鸡场，却发现这里不是斗鸡比赛，而是酒店的后厨。郝强进过郝大强的后厨，鸡都是拔毛拔得赤条条的，躺在冰冷的案板上，他觉得自己就是那只鸡。

没有人理郝强，他忽然觉出来自己的不妥，会不会有两个张老师？姓张的这么多。

这个办公室太大了，郝强没有勇气走过去，他带着哭腔问："张凤云老师在吗？"

"老师的名字也是你叫的？"一个靠门边的老师忽然愤怒起来，扔了手里的书，指着郝强的鼻子质问，郝强这才看清，这位老师就是"杨三角"，心里先就慌了。

"现在的孩子太不懂礼貌了，都是什么家教！"

"凤云，瞧你教的学生。"

啪嗒一声，音乐戛然而止，教师办公室里哒哒的高跟鞋声也停顿了一下，随即又响起来："农村的放羊娃，你能指望他们会说什么？"郝强知道，这个声音是关大高跟的，再加上张大愣头青，四大恶人三个都在这儿，他知道自己完了。

"对不起，我是怕有两个张老师。"郝强真要哭出来了。

"狡辩。"年轻老师抢白道，"小小年纪怎么那么多心眼？"

郝强觉得自己崩溃了，要不是腿软了，真要夺门而逃。张大愣头青慢慢走过来，他的大头皮鞋敲打着地面，郝强看不到他的脸，他把头使劲埋下去，他想躲起来，他不知道他会怎么对自己，也许是一脚，飞到墙上然后下来，像自己做的卡片一样。

郝强闭上了眼睛，等着他的最后一击。一双大手落在他的肩膀上，拍动了两下，郝强几乎要跪在地上。

"郝强同学，你说老师平时对你怎么样？"郝强难以相信自己的耳朵，从张大愣头青嘴里说出来的不是恶毒的呵斥，而是和蔼的问询。

郝强抬起头，迎上的是张大愣头青堆着笑容的三角脸，这时候已经绽放成了一朵大花："郝强啊，老师对你可不错，老师了解过了，打架不是你的错。那几个欺负你的同学我已经批评了。你到新学校来不太适应，有什么事可以跟我这个班主任讲。"

郝强不敢相信自己的耳朵，这是张大愣头青吗？他看着张老师，张老师正穿着一件深色夹克，很温柔地对他笑。郝强疯狂地点着头，泪水流了出来。

"那这样，老师帮你的忙，你也帮老师的忙好不好？"张老师循循善诱，"听说你爸爸在政府食堂上班，你能不能让你爸想办法给老师在政府食堂办张饭卡？"

"张老师，你这就不地道了啊，有学生家长在政府食堂的关系，怎么光顾自己一个人？"说话的是关岚。

关大高跟哒哒地走过来，摸着郝强的头说："关老师平时对你怎么样？可不能忘了关老师啊。"

老师们呼啦一下子围过来，对着郝强七嘴八舌地说：

"政府食堂的伙食好啊。"

"尤其是大厨的夹沙肉有名，每次从那儿过我都能闻到。"

……

郝强忍着恶心，分开众人，跑出了办公室，一口气跑出了学校，跑过去一条街，那里是政府食堂，正是快到饭点的时候，食堂的烟囱里蒸汽弥漫着夹沙肉的香气，郝强冲进去，对着蒸汽缭绕的后厨喊："爸！"

SEA
CUCUMBER

如意海参

—
人家说了，
少了这个菜，将来结婚难免磕磕绊绊。

所有的厨子和伙计都不会喜欢快打烊时候来的客人，尤其是他们还只点两碗米线的时候，但老板通常不这么想，蚊子再小也是肉。

　　冬至后第一天的那两个客人，是十点钟来的，正是准备打烊的时候，要是平常，我就告诉他们要关门了，但那天老钱在，老钱是老板，他在我不敢说话。

　　老钱一看那两人，立刻眼睛都直了，那是一男一女，老钱当然不是看那男的，那个女的太漂亮了。那个女的面孔的线条柔和得想让人摸一把，小巧的身子，齐刘海下一双眼睛忽闪忽闪，只要你看见了，准想跟她笑一笑。

　　两个人进来就坐在靠窗的位置，老钱一见他们俩进来，就把我赶到后厨帮忙，他亲自服务。

　　老钱这个人平时就有点色，虽然他是我三表姨夫我也这么说，就是因为这个老板娘才辞去了所有女服务员，我才有机会进城打工，并肩负监视老钱的秘密任务。

　　现在想想，那天晚上，如果老钱知道后来发生的事儿，一定会把他们赶走。

　　女孩子戴着毛线帽子、毛线手套，一坐下来就低着头玩手机。

　　老钱上去问人家吃什么，那个男的就问女的："你吃什么？"

　　女的头也没抬就说："随便。"

男的个子很高，戴着一副眼镜，看起来很不高兴了，就把眼镜摘下来，放在桌子角上叹了一口气："那来个油爆虾吧。"

"不吃这个了，大晚上吃这个你也不嫌油腻？"

"那来个吊锅？"

"随便吧。"女的翻了个很好看的白眼，连我都看出来是不想要。

"你又说随便，随便点个你又不喜欢吃。"

"不是你说要吃夜宵的吗？你就随便点就行了。"

"咱们看电影回来不都吃点东西再回去吗？"

女的没有说话了，去拿桌上的菜单，男的把手里的菜单递过去，女的用手挡了回去，捡起桌上的菜单翻看。

"要个砂锅粥吧。"

"不好意思，我们砂锅粥卖完了，现做的话得等很长时间。"老钱那个表情，惋惜得像是他家孩子差一分没上北大，这是不打算赚钱了啊，这时候熬一锅粥，那只能卖一碗出去，明天就亏了。

"那就不要了，随便点一个吧。"女孩子把菜单扔回去，又拿起了手机。

"那米线呢？"

"随便。"

女的头也不抬继续玩手机。

老钱就吩咐老张煮米线。

老张是厨子，本来该下班了，本来自恃有手艺，这些米线主食平时都是老钱操持，现在更不理老钱。

老钱只能自己开火去，煮米线。老张的电动车还在充电，就跟我一起点了烟等下班，一边从玻璃窗往外看那姑娘。

那姑娘一直盯着手机，没抬起头来过。男的掏出手机玩了两下，就扔在了桌上。

　　"你能不能不玩手机？"

　　"你不是也玩吗？"

　　"我就是看看时间，哪像你捧着不撒手。"

　　"那怎么了？不玩手机能干吗？"

　　"咱们俩说说话。"

　　"你有话就说呗。"

　　"你玩着手机怎么说？"

　　"那就别说。"

　　这是冬至后第一天，天气并不算冷，男的穿得不太多，只有一件花格斜纹西装，里面是件衬衣，姑娘倒是穿得很厚，一件粉色的羽绒服，皮肤光滑白皙，绑了个很流行的丸子头。男的见女的不理他，就拿起手机，很快又放下，起来去开了空调。

　　空调正对着他们的座位吹，女的缩了脖子。

　　"都是冷风，关了吧。"

　　"一会儿也就热了。"

　　"一会儿就吹感冒了。"

　　男的叹了口气，关了空调："什么都得听你的。"

　　"让你多穿衣服了，谁让你非得穿这个！"女的脱了手套，扔在沙发椅子上，她的手很纤细，看起来刚做了美甲，有两个指甲镶了钻，显得手很白嫩，确实是很精致的一双小手。

　　男的坐下来就去抓那双小手。女的还是躲开了。

　　"别闹。吃完赶紧走了。"

"没闹，这不米粉还没有上来吗？"

女的不理他，还是端详自己的手。

"美甲还是那间店里做的？"

"嗯。"

"那么远，我没陪你谁陪你去的？"

"小刘，我闺密，你知道的。"

"他还闺密，他那娘娘腔，哪个美女不是他闺密？"

"吃醋了？"

"没有，你是不是还得做个美甲？"

"喜欢就做呗。"

女的不耐烦了，男的反倒开心起来了。

"准备得怎么样了？"

"挺好的。"

"我妈说新房那里准备布置了，准备周末让你看看怎么布置。"

"怎么布置都行，你让她看着办。"

"又怎么了？她怎么又得罪你了？"

"没有啊。"

"那怎么不去？你不是一直怕她布置得不合你的心意吗？"

"不。"女的说，"我不能去，我有别的事。"

"你是不愿意去吗？"

"我不能去，我说的是不能。"

"为什么不能？"

"有事嘛。"

"什么事能有这个重要？你是不是不愿意去？"

"我有别的事，公司年底有年会，正好是周末。"

"两天不会都是年会吧？"

女的不说话了，端起杯子开始喝水。

"你要是不愿意去的话，我不会勉强你。"

"我不能去，我说了。"

"那是什么原因不能去？"

"不要总是逼我，你现在有时候说话的方式我不喜欢。"

"我当然不会勉强你，我什么不是依着你？"

"你现在不就在勉强我吗？"

男的张了张嘴，搓着自己的手，冲着厨房喊了一声："米线下锅了吗？怎么还不来？"

老钱在屋里答应了："好了，就快煮好了。"

男的恢复了点信心："你要是觉得不开心就下周去，或者随你什么时候有空。"

"年前我真的都没空。"

"咱们都要结婚了，你现在不看怎么办？"

女人又给自己倒了杯水，水大概太烫了，她喝了一口直摇头，把杯子扔到一边，又摆弄自己的手指头，也不说话。

"是不是你妈又说什么了？"

女人还是不说话，又去摸那个很烫的水杯。

"我猜就是，她要有什么条件，我们家尽量满足。满足不了再商量行不行？"

"你别瞎说，我妈不是那样的人。"女人说，"她就是想让我嫁得好点，这也没什么错。"

"这没什么错，不过都订婚了说这个是不是晚了？"

"就别提订婚了，那天回去以后，我妈唠叨那个订婚宴唠叨了好几天了。"

"婚宴又怎么了？我看她那天挺高兴的，就是到后面有点脸色不好，我以为亲戚太多累的。"

"不是我说，你们家就按咱们本地的风俗来，弄几桌酒席不就好了吗，为啥非要缺这少那的？"

"那个席面还不行吗？你说缺什么了？"

"缺了一个如意海参。"

"这个我爸不是说过了，现在市场上的海参都不太好，所以就没安排这个菜，不也弄了别的两样菜吗？"

"别的能一样吗？价钱都不一样。"

"你就是嫌那桌标准低了？"

"路恒轩，你也摸着良心说说，我跟你在一起三年了，追我的那么多，我要是嫌你穷，我会找你吗？"

"那为什么啊？"

"为什么？那讨的意头也不一样，你知道吗？"

"你还信这个？"

"我是不信这个，可我妈信啊。再说她是好面子的人，前几天，正好我一个表姐订婚，她参加人家的订婚宴，回来就脸色不好，说人家说了，少了这个菜，将来结婚难免磕磕绊绊。"

男人没有接茬儿，女人撩撩头发："米线怎么还不来？"

"谁知道呢！老板？"

"来了，来了。"老钱端着两碗米线送上去。

女人挑了一筷子米线，就不吃了，男的根本没动。

"怎么不吃？"

"太淡了，等会儿。那你说现在怎么办？"

"不是我说你们家，随便弄点海参不就行了？也就是摆摆样子。"

"说了不是为了省钱，我们家也不信这个。"

"我也不信，但面子上总得过得去吧。"

"又是面子？"

"结婚这事不就是个面子吗？"

男的看向窗外，外面天很阴，屋里的暖气把窗户蒙住了，什么也看不清。

"那她的意思是，不让咱们俩结婚？"

"她也没说。"

"那怎么办？我们家什么都准备好了，日子都定了，有的礼金都收了，这让我爸妈面子往哪儿搁？"

"你爸妈要面子，我妈就不要面子？我妈把我养这么大，供我吃供我喝，供我上大学，还不都是为了我好？现在我嫁人为什么不能让她顺心？"

"最让她顺心的就是别嫁给我。"

"你别这么说。等她气消了就好了。"

"那等到什么时候？咱们婚期不能等。"

"不行就先拖一拖吧。"

"这还能改？"

"你先别急，拖一拖不见得是坏事，我们那一块儿要拆迁了，你们家买的那个房子有点小，地段也不好，如果拆迁下来，能分好几处房子，还是城市中心区，到时候，咱们住那里不好？"

"什么时候说拆迁了？"

"就是订婚那天，你家一个做房地产中介的亲戚说的，说政府有个批文，要在桥东建个商业区。"

"那个是我表舅啊，他的话不能信，平时干中介干多了，张嘴就来，十句里九句是假的，喝酒以后什么都敢说。你信他的？"

"是真的。我妈当时就留心了，找人问了。现在全市都在传，桥东整体都要拆。有人都看见批文了。"

"怪不得你妈原来还挺喜欢我，订婚以后倒是对我横挑鼻子竖挑眼，我还以为是舍不得你。"

"你别瞎说，这是好事。要是拆迁了，我们家那个大院子，最少能换三套房子，还有上百万的现金，到时候咱们住大房子多好。"

"呵呵，你等着住吧，我就指望不上了。"

"怎么了？你不信我？"

"现在你都不愿意跟我结婚，你们家要是真拆迁了，还能看上我？"

"你不信我了是不是？"

"不是我信不信你，你要证明给我看。"

"我会证明给你看的。"

女人坐到男人身边，去抱他的胳膊，男人一下子躲开了，往里挪了挪，女人就跟着他挪，挪了四五次，直到男人靠了墙边，女人才抓住他的胳膊，男人这次没有躲开，女人就把她小巧的头搁在男人肩膀上，整个人挂在他胳膊上。

"你生气了？"

"没有。"

"你一直听我的话的，对不对？"

男人叹了口气："是的。"

"这次你也要听我的，你要明白，我是爱你的，你信不信？"

"我信，我什么时候不信你？"

"那你就听我的吧。"

"听你的。但你也证明给我看。"

"证明什么？"

"爱我。"

"咱们这样还不是证明？"

"你知道我想要什么。"

"那不行。"

"怎么不行？"

"别逼我了，好吧？"

"九块钱的事，咱们到民政局，十分钟就办完了。"

"我不能瞒着我妈。"

"那就什么也别说了，说什么都没劲儿，没劲！"

"你还是不信任我对不对？"

"咱们别说这个。"

"等我们家拆迁一完事，咱们立刻结婚，我保证。"

"我不知道家里拆迁跟结婚有什么冲突。"

"我不能瞒着她。"

"那就别说了。"

"你要相信我是爱你的。"

"别说这个了，没劲。"

"你要我把心掏出来吗？"

"不用那么麻烦，美女。真不用！"

"这件事不是我的错，是你们家订婚宴没有准备如意海参，我妈才生气的，才觉得咱们的婚事要缓缓。"

"你搞清楚点，到底是我们家招待不周，不会办事，还是你们家要飞黄腾达了，看不上我了？"

"你怎么弄不明白？这是两回事，拆迁是拆迁，海参是海参，拆迁的事我告诉你是想让你高兴一下，暂时不结婚是因为海参。你明白吗？"

"明白，怎么会不明白。"

"那你理解我吗？"

"理解。"

"咱们俩必须先分开一段时间，放心，不会很长时间，只要妈妈拿到拆迁款，她一高兴就不会理咱们的婚事了。"

女人低着头，但从刘海里偷看男人的眼睛："你不要我什么证明了，你从来不要我什么证明的，对不对？"

"你去吧，我一直给你自由。"

"真的？"女人一下子站起来，她无法相信他的话，但声音里充满了喜悦。

"真的。"男人疲倦地闭上了眼睛。

女人一下子抱住了他的脖子，男人的头撞在墙上。

"哦，对不起，我太激动了。"女人亲在男人脸上，摩挲着他的脸，我们仨挤着从窗口看，看得眼热。

"我就知道你会的，我就知道。"

"是啊，我从来没法拒绝你。"

"好了，好了，吃夜宵吧，吃完咱们回家。"女人说着，跳着坐了回去。

"有点淡。"

"要个别的菜，或者别的什么，随便什么都行，我等着你。"

"你不嫌太晚了吗？"男人说着话，带着一种奇怪的表情。

"怎么会？我总会陪着你。"

"谢谢。"男人冲着我们喊，"来两个咸鸭蛋。"

"我不要了，我不想吃，等着你吃完就好了。"

"没关系，我全要。"

老钱端着两个咸鸭蛋出去。

"老板，能用一下刀吗？我想把鸭蛋切成两半，省得剥了。"

"我来帮你剥吧。"女人殷勤地说。

"不用，很难剥。切一下就好了。"男人盯着女人的肩膀说。

老钱把菜刀拿出来，递给了男人。男人拿起了刀，掂了掂，忽然说："你那个手指甲挺漂亮的。"

男人拿起鸭蛋，端详了一下，忽然站起来，一刀剁在女人脖颈和肩膀的连接处。女人一声惨叫滑到桌子底下。

我们仨吓呆了，老张更是软倒在旁边的座椅上。男人把菜刀扔在桌上，伸手探进西服内口袋，掏出钱包，数出钱来，米线十块一碗，两碗二十块，鸭蛋一块钱一个，一共二十二块，他数出来二十二块钱，扔在桌子上。

男人一言不发地出门，向东而去，那里是桥东区公安局。

因为这件事，老钱连叫晦气，来来往往去公安局、法院跑了几十趟，店也没法开了，生意本来就不好，听说出了人命案，更没有人来了，只能关张。那个男人叫路恒轩，二十八岁，因自首情节从轻判了死缓。

　　几个月以后，我在本地电视台媒体看到报道，几个房产中介因为散布"桥东区即将拆迁"的谣言，被处以拘留。